Lita Harris

# Highland Christmas

Ein Schotte zum Verlieben

# HIGHLAND CHRISTMAS

EIN SCHOTTE ZUM VERLIEBEN

LITA HARRIS

# 1

*Schottland, West Highlands, Glencoe Valley*

Ich mach mir Sorgen um Aidan«, sagte Sienna, während sie erneut heißes Wasser in die Teekanne goss und sich und Callum einschenkte. »Er zieht sich immer mehr zurück.«

Sie rückte den Küchenstuhl zurecht und setzte sich. Ihr Blick schweifte zum Fenster. Vermutlich würde sie sich nie an dem Anblick sattsehen können. Noch lag Morgennebel über dem Tal und Loch Leven, aber schon bald würde sie die Bergkette der Mamores mit den schroffen Gipfeln des Binnein Mòr und Na Gruagaichean sehen können.

In den höheren Lagen hatte es bereits geschneit. In wenigen Wochen würden die ersten Wintersporttouristen eintreffen und dann wäre es erst mal mit der Ruhe in ihrem beschaulichen Tal vorbei. Doch das war auch gut so. Sehr viele Bewohner der Highlands lebten vom Tourismus und sie alle hatten gelernt, ihren Lebensrhythmus den saisonalen Reisezeiten anzupassen.

Fast drei Jahre lebte Sienna bereits in Glencoe und sie hatte es nicht einen Tag bereut, aus Südengland weggezogen zu sein. Der Tag, an dem sie sich auf einer Wandertour in den Highlands den Knöchel verrenkt hatte, war rückblickend der glücklichste Tag überhaupt gewesen, denn sie hatte Callum Fraser getroffen, die Liebe ihres Lebens.

Doch nicht nur den Mann an ihrer Seite hatte sie in ihr Herz gelassen, sondern auch seinen besten Freund und dessen Frau, die auf so tragische Weise ums Leben gekommen war.

Callum pustete auf den heißen Tee, trank einen Schluck und sagte dann bedächtig:

»Er braucht eben noch Zeit. Jeder Mensch trauert anders.«

Sienna schüttelte den Kopf. Wenn es so einfach wäre. »Er macht sich Vorwürfe und es zerfrisst ihn.«

»Vorwürfe?« Ihr Mann sah sie stirnrunzelnd an. »Weswegen denn das?«

»Er denkt, wenn er an jenem Tag nicht nach Kinlochmore gefahren wäre, wäre Moira noch am Leben.«

»Das ist doch Unsinn.«

»Ich weiß. Aber so denkt er eben.« Sie rührte gedankenverloren in ihrem Tee. »Vielleicht, wenn du …«

»Ich mische mich nicht in Aidans Leben ein.«

»Es sind jetzt zwei Jahre, Cal.« Sie seufzte lautlos. »Es tut weh, ihn so zu sehen.«

»Ich frag ihn nachher, ob er heute Abend in den Pub kommt.«

»Ja, mach das.« Sie schob das Frühstücksgeschirr zusammen. »Gehst du gleich ins Besucherzentrum?«

»Später. Ich will erst noch nach der Herde auf der oberen Weide gucken. Wir hatten letzte Nacht Frost.«

Callum schob sich aus der Essecke, stand auf und beugte sich zu ihr, um ihr einen Abschiedskuss zu geben, doch sie zog ihn zu sich herunter und raunte, während sie die Arme um ihn schlang:

»So einfach entkommst du mir nicht.«

»Das hatte ich auch nicht erwartet«, sagte er und vertiefte den Kuss. »Bis heute Abend, gràidheag.«

Atemlos geküsst erwiderte Sienna seinen Abschiedsgruß und kurz darauf hörte sie die Haustür klappen.

Nachdem sie noch eine Weile ihren Gedanken nachgehangen hatte, stand sie ebenfalls auf, schenkte sich Tee nach und nahm sich einen der Scones, die sie am Vorabend gebacken hatte und die noch vom Abkühlen auf dem Blech lagen. Vorsichtig das Tablett balancierend ging sie schmale Treppe hinauf in ihr kleines Arbeitszimmer unter dem Dach. Sie stellte ihren Imbiss ab und schaltete den Computer an. Ihr Arbeitstag hatte begonnen.

Am Vortag hatte ihre Lektorin das Manuskript ihres nächsten Romans zurückgeschickt und sie wollte bis zum

Mittag wenigstens die ersten Kapitel durcharbeiten. Ihr Londoner Verlag hatte die Veröffentlichung bereits für das kommende Frühjahr geplant und ihr Abgabetermin war zum Monatsende. Ein enger Zeitplan, aber wenn sie nicht trödelte, war er einzuhalten. Wenn …

Sie scrollte durch den Text, um sich einen Überblick über Abbys Anmerkungen und Änderungsvorschläge zu verschaffen, doch mit ihren Gedanken war sie immer noch bei dem Frühstücksgespräch und bei Callums bestem Freund. Es musste doch irgendwas geben, um diesen Mann aus seinem Tief zu holen. Wenn jemand es verdient hatte, glücklich zu sein, dann war es Aidan. Und so viel stand fest, ein Gespräch unter Männern im Pub würde nur eine kurzzeitige Aufmunterung sein, wenn überhaupt.

Nein, was Aidan MacLeod brauchte, war eine neue Frau – und was sie selbst brauchte, war ein Plan. Einen Plan und eine passende Frau. Wobei Ersteres nicht so schwierig sein dürfte, wozu war sie schließlich Autorin? Vorausschauend zu denken gehörte zu ihrer kreativen Arbeit. Also Punkt zwei. Hier wurde es schon wesentlich komplizierter.

Sienna ging im Geist die Namen ihrer ledigen Freundinnen und Bekannten durch und wurde schnell ernüchtert. In Glencoe gab es niemanden, der infrage kam, und ihre alte Clique hatte sie mit ihrem Wegzug aus Eastbourne aus den Augen verloren. So blieb eigentlich nur noch ihre Jugendfreundin aus Deutschland. Nachdenklich tippte sie mit dem Zeigefinger an die Einbuchtung über ihrer Oberlippe.

Pia von Haydhausen war das genaue Gegenteil von Aidans verstorbener Frau. Was sicher ein Pluspunkt war, denn in seinen Augen konnte vermutlich keine Frau an Moira MacLeod heranreichen. Moira war ein zierlicher Rotschopf gewesen und hatte immer vor Energie gesprüht. Wenn sie so recht darüber nachdachte, hatte sie Aidan immer ziemlich herumgescheucht. Es schien ihm aber nichts ausgemacht zu haben.

Callum hatte irgendwann erwähnt, dass die beiden sich immer Kinder gewünscht hatten, doch bevor es dazu kommen konnte, war Moira von einem betrunkenen Lastwagenfahrer von der Straße gedrängt worden und noch am Unfallort an den Folgen des Aufpralls gestorben.

Pia liebte Kinder. Sie war sogar Kindergärtnerin geworden. In Kinlochleven, dem nächstgrößeren Ort, gab es einen Vorschulkindergarten … Sienna merkte, wie ihre Gedanken davongaloppierten. War es wirklich richtig, was sie da vorhatte, oder stand sie gerade im Begriff, die Highland-Romanzen aus ihren Büchern ins richtige Leben zu übertragen?

Energisch schob sie den Gedanken von sich. Nein, hier ging es um echte Menschen, Menschen, die einen wichtigen Platz in ihrem Leben einnahmen und die es verdienten, genauso glücklich zu sein, wie sie und Callum es waren.

Also Pia.

Oder doch nicht?

Als sie zuletzt mit Pia Kontakt hatte, war immerhin von einer bevorstehenden Verlobung die Rede gewesen. Aber dann hatte sie nichts mehr von ihr gehört. Sie hätte nachfragen sollen, ob alles in Ordnung war.

Sienna verspürte einen kleinen schuldbewussten Stich. Jedes Mal, wenn sie an ihrem nächsten Highland-Historical arbeitete, war die restliche Welt für sie quasi nicht existent. Pia kannte das zwar schon und da sie selbst bei ihrem letzten Gespräch erwähnt hatte, dass »Die gekaufte Braut des Highlanders« in die heiße Phase eingetreten war, hoffte sie, dass die Freundin ihr das lange Schweigen nicht übel nehmen würde.

Sollte Pia Baronesse von Haydhausen tatsächlich in festen Händen sein und die ganze Angelegenheit nicht wieder der Versuch ihres Vaters, seine Tochter »standesgemäß« zu verheiraten, würde sich ihr schöner Plan in Luft auflösen. Doch das ließ sich vermutlich schnell überprüfen.

Sienna klickte ihre Buchdatei weg, loggte sich bei Facebook ein und ging auf Pias Profilseite. Sie verschaffte sich flink einen Überblick – nichts, aber auch gar nichts deutete darauf hin, dass Pia vergeben war. Ausgezeichnet.

Sie sah auf die Uhr.

In Hamburg war es jetzt neun Uhr morgens und die Chance, ihre deutsche Freundin zu Hause zu erreichen, standen nicht schlecht. Sienna zog die oberste Schublade ihres alten Schreibtisches aus dunklem Eichenholz auf, holte ihr Headset heraus und meldete sich bei Skype an.

*Hamburg, Stadtteil Eimsbüttel*

Kopfschüttelnd legte Pia den Hörer auf. Was hatte sie sich nur dabei gedacht? Aber Sienna hatte eine so überzeugende Art und als sie ihr ihren Vorschlag unterbreitete, klang es völlig plausibel. Natürlich war es das Gegenteil von plausibel, aber das war ihr erst bewusst geworden, nachdem sie das Gespräch beendet hatte. Und nun hatte sie den Salat.

Acht Tage in einer Lodge in den Highlands und das im tiefsten Winter, in der noch tieferen Einöde. Acht Tage nur sie und 28 Hochlandrinder. Zwei Kleinherden, wie Sienna es nannte. Absolut pflegeleicht. Den ganzen Winter im Freien, nur ausreichend Heu zufüttern und prüfen, ob der Zugang zur Tränke eisfrei war. Mehr sei nicht zu tun und den Rest des Tages könnte sie durch die winterliche Landschaft wandern oder gemütlich in dem großen Ohrensessel am brennenden Kamin sitzen und so viele historische Liebesromane verschlingen, wie sie nur wollte.

Oh ja, Sienna wusste genau, wie sie sie ködern konnte.

Jegliche, vorsichtig geäußerte Bedenken hatte ihre Freundin einfach hinweggefegt. Und irgendwann im Laufe des Gesprächs – oder sollte sie besser sagen: der

Hypnosesitzung? – hatte Pia eingewilligt, nach Schottland zu fliegen.

»Wir würden uns gegenseitig einen Gefallen tun. Du müsstest nicht über die Feiertage trostlos und allein in Hamburg sitzen, und Callum und ich könnten endlich unsere ausgefallene Hochzeitsreise nachholen.«

Sienna hatte sehnsüchtig geseufzt und etwas von Sonnenuntergängen am Meer gemurmelt und davon, dass sie und Callum ungestört sein wollten, ohne Handy und ohne Verpflichtungen. Und Pia wäre genau die Richtige, da sie als Kind immer die Sommerferien auf dem Bio-Hof ihre Patentante verbracht hatte und wüsste, wie man mit großen Tieren umgeht.

Schließlich hatte Pia eingewilligt. Und irgendwo hatte Sienna ja auch recht.

Nur, dass sie nicht allein in ihrer gemütlichen 2-Zimmer-Wohnung in der Vereinsstraße sitzen würde, sondern zu den Eltern fahren müsste, um in dem repräsentativen Wohnsitz an der Elbchaussee die brave Tochter zu geben, hatte sie verschwiegen. Davon abgesehen, führte Sienna einige gute Argumente ins Feld. Aber was das »trostlos und alleine« betraf, damit hatte ihre beste Freundin leider den Nagel auf den Kopf getroffen.

Sechs Wochen war es jetzt her, dass Daniel ihr eröffnet hatte, sich vorerst nicht »binden« zu wollen, nur um sich zwei Wochen später mit Frederike Basler – dem Tittenmonster, wie Pia sie insgeheim nannte – zu verloben. Die Zukünftige ihres ehrgeizigen Ex-Fast-Verlobten arbeitete zufällig in der gleichen Kanzlei wie Daniel, die wiederum ihrem Vater gehörte. Und natürlich würde das Paar zu dem Weihnachtsempfang eingeladen werden. Pia konnte sich das Spießrutenlaufen, die mitleidigen Blicke und die unausgesprochene Frage lebhaft vorstellen. »Was stimmt nur mit Justus von Haydhausens Tochter nicht?«, würden sie denken.

Und irgendwie hatten sie sogar recht. Was hatte sie sich nur dabei gedacht, auf Daniel Stegers charmante Art reinzufallen? Es hätte ihr doch bewusst sein müssen, dass er sich über sie nur bei ihrem Vater einschmeicheln wollte. Weshalb er dann allerdings die Assistentin des Sozius' vögeln musste, würde ihr vermutlich immer ein Rätsel bleiben. Ein Rätsel, auf dessen Lösung sie keinen Wert legte.

Nachdenklich sah sie aus dem Fenster ihrer kleinen Altbauwohnung. Die alte Kastanie, die in dem Innenhof stand, hatte schon längst ihr dichtes Laub verloren und jetzt folgten ihr die zwei Eichen, die zunehmend kahler wurden.

Wie zum Beweis hörte sie von unten den großen Besen über das Pflaster schaben. Herr Hinrichs, der ehemalige Hausmeister, fegte in diesem Augenblick die bunten Blätter zusammen. Der Mann war ein typisches Hamburger Original und die gute Seele des Wohnblocks. Beim Anblick des weißen Rauschebarts und seinen von der Kälte geröteten Bäckchen fühlte sich Pia immer etwas an den Weihnachtsmann erinnert. Nur wenn Herr

Hinrichs den Mund aufmachte und ihr in breitem Hamburgisch ein »Guten Morgen, min Deern« zurief, wenn sie das Haus verließ, verflog der Eindruck ganz schnell.

Und nun sollte sie also in wenigen Wochen nach Schottland reisen, besser gesagt, in die Highlands. Sienna war zwar sehr optimistisch gewesen, was die Flugverbindungen anbelangte, doch Pia hatte leise Zweifel, ob sie so kurz vor den Feiertagen überhaupt noch einen Flug nach Inverness bekommen würde. Schließlich musste sie über London fliegen und die Strecke würde bestimmt gut gebucht sein.

Pia presste die Lippen zusammen und ärgerte sich über sich selbst. Das war wieder so typisch: Ohne überhaupt Einzelheiten zu kennen, machte sie sich Gedanken über die Umsetzbarkeit ihrer Pläne.

Daniel hatte ihr das auch immer zum Vorwurf gemacht, das und ihre mangelnde Spontaneität. Wobei sich Letzteres wohl eher auf ihr Sexleben bezogen hatte. Und schon befand sie sich auf einem Pfad, den sie nicht gehen wollte. Daniel und seine ständigen Beschwerden. Zu wenig Selbstbewusstsein hätte sie, zu wenig Klassisch-Hanseatisches in ihrem Kleidungsstil für eine zukünftige Anwaltsgattin und zu verkrampft im Bett. Ihr Beruf war ein weiterer Makel gewesen. Kindergärtnerin! Und das für eine Baronesse.

Pia hatte nie verstanden, was das eine mit dem anderen zu tun haben sollte. Sie hätte argumentieren können, dass Prinzessin Diana schließlich auch als Kindergärtnerin gearbeitet hatte, aber sie wusste, dass es müßig gewesen wäre. Wenn Daniel einmal eine Meinung gefasst hatte, ließ er sich durch nichts davon abbringen. Flexibel wie eine Eisenbahnschiene.

›Denk nicht mehr dran‹, ermahnte sie sich. ›Vorbei ist vorbei.‹

Gleich Montag würde sie beim Hort Urlaub einreichen. Zwischen Weihnachten und Neujahr war der Waldkindergarten zwar geschlossen, aber wenn sie schon eine Flugreise unternahm, sollte es sich wenigstens lohnen, fand Pia. Und sollten ihr die sechs Tage Resturlaub genehmigt werden, stand einem zweiwöchigen Schottlandaufenthalt nichts im Wege. Sie hatte Sienna so lange nicht mehr gesehen und wollte unbedingt noch Zeit mit ihrer Jugendfreundin verbringen. Die Rindvieh-Babysitter-Aktion sollte nur zehn Tage dauern – so lange wollten die beiden auf die Seychellen fliegen. Sienna hatte angedeutet, dass Pia so lange bleiben könnte, wie sie wollte. Schließlich hatten sie ein schönes Gästezimmer mit eigenem Bad, das für gewöhnlich während der Wintermonate ungenutzt war.

Pia erinnerte sich, dass ihre Freundin erwähnt hatte, dass sie das kleine B&B, das sie in ihrem Häuschen unterhielten, weitestgehend aufgegeben hatten.

Bis zum letzten Jahr hatten sie noch zwei Räume an Urlauber vermietet. Aber seitdem sich Siennas letzte Romane immer besser verkauften, hatte Callum das eine

Gästezimmer zum Arbeitsbereich für seine Frau umgebaut und das zweite hielten sie überwiegend für Familie und Freunde frei.

Und nun würde Pia das Häuschen, das sie bisher nur aus Siennas Erzählungen kannte, bald mit eigenen Augen sehen. Denn obwohl ihre Jugendfreundin sie in den vergangenen Jahren mehrfach eingeladen hatte, war es nie zu einem Besuch gekommen.

Im Nachhinein konnte sich Pia nicht erklären, was sie davon eigentlich abgehalten hatte. Doch irgendwie schien immer etwas dazwischenzukommen. Erst war es ihr Jura-Studium gewesen, dann ihr abgebrochenes Jura-Studium und die anschließende Phase der Unschlüssigkeit. Als sie sich dann, gegen den Willen ihrer Eltern, besonders gegen den ihres Vaters, entschlossen hatte, eine Ausbildung zur Erzieherin zu machen, war eine Reise nach Schottland in ganz weite Ferne gerückt.

Ihre Priorität während der Ausbildungszeit hatte darin gelegen, sich von den Zwängen, in die sie hineingeboren war, frei zu machen. Daher war sie auch aus der heimischen Villa ausgezogen und hatte sich eine kleine, günstige Wohnung gesucht – und das ausgerechnet in einem verpönten Stadtviertel und im Hinterhof! In den drei Jahren, die sie bereits in Eimsbüttel wohnte, waren weder ihr Vater noch ihre Mutter zu Besuch gekommen. Zuerst hatte sie diese ablehnende Haltung verletzt, doch dann setzte sich ihr Dickkopf durch und hatte einer »Dann eben nicht«-Einstellung platzgemacht.

Ihr gefiel die Nachbarschaft und sie mochte die Menschen im Viertel. Und seit sie im Waldkindergarten angefangen hatte zu arbeiten, war ein weiterer Vorteil hinzugekommen: die gute Anbindung des HVV zu ihrem Arbeitsplatz im Niendorfer Gehege.

Inzwischen hatte das gleichförmige Geräusch des Laubbesens, der über das Pflaster zischte, aufgehört. Kurz darauf klappte der Deckel der Bio-Tonne.

Pia sah auf die Uhr. Wenn sie sich nicht bald auf den Weg zu dem kleinen Wochenmarkt machte, würden einige Produkte, die sie haben wollte, ausverkauft sein.

Sie ging in ihre kleine Küche und kontrollierte vorsichtshalber die Vorräte in ihrem Kühlschrank und in dem Schrank unter der Fensterbank. Da sie unter der Woche immer mit ihren Schützlingen im Kindergarten zu Mittag aß, kochte sie nur an den Wochenenden.

Nach einem Blick auf das Thermometer, das an dem Küchenfenster klebte und knapp zehn Grad anzeigte, schlüpfte sie in ihren regenfesten Parka. Sie musste schmunzeln. Bevor sie ihre Stelle im Waldkindergarten angetreten hatte, war sie ein echtes Zimperlieschen gewesen und wäre bei diesen Temperaturen garantiert nicht aufs Rad gestiegen und erst recht nicht in einer Jacke, die nur ein leichtes Fleece-Futter hatte.

Kurze Zeit später radelte Pia über die Bellealliancestraße in Richtung Fruchtallee. Es herrschte typisches Hamburger Nieselwetter und sie trat tüchtig in die Pedale, damit ihr warm wurde. Zum Glück war ihr Ziel nicht sehr weit entfernt.

Der kleine Wochenmarkt nahe der Osterstraße gehörte zu ihren liebsten Einkaufszielen. Sie mochte die familiäre Atmosphäre. Die Händler, die ihr freundlich zunickten, wenn sie an den Stand trat, und ihr leckere Probierstückchen reichten, und die anderen Kunden, die ihr fast wie alte Bekannte vorkamen und mit denen sie so manches Mal einen kleinen Klönschnack abhielt.

Daniel hatte den Markt verabscheut. Er kaufte lieber beim Discounter. Das hätte ihr eine Warnung sein müssen – das und noch viel mehr.

Plötzlich wurde ihr bewusst, wie sehr sie die Vorstellung belastet hatte, ihrem Ex und seiner Neuen in ihrem Elternhaus begegnen zu müssen und dass ihr Sienna wirklich einen Riesengefallen getan hatte, als sie sie fürs Rindvieh-Sitten engagierte.

Darüber, wie sie ihren Eltern ihre unerwartete Schottlandreise schmackhaft machen sollte, würde sie später nachdenken. Besonders ihr Vater würde alles andere als glücklich sein. Für ihn war Weihnachten nicht nur ein Familienfest, sondern die Festlichkeiten in der Villa in Klein Flottbek dienten auch dem Knüpfen und Vertiefen von sozialen Kontakten. So würden auch alle wichtigen Klienten der Kanzlei eingeladen werden und natürlich war auch die Anwesenheit der Tochter des Inhabers erwünscht.

In diesem Jahr würde sie also Weihnachten mit zwei

Kleinherden schottischer Hochlandrinder feiern. Wobei der Unterschied zu manchen Gästen ihres Vaters vermutlich nicht sehr eklatant wäre, überlegte sie und machte sich einen geistigen Vermerk, dass sie später nach den Eigenheiten und dem Verhalten von Highland Cattle googeln wollte. Doch erst mal war es Zeit für ihren wöchentlichen Einkauf.

# 2

*Schottland, West Highlands, Glencoe Valley*

Ich hätte mich doch um die Tiere kümmern können, während ihr verreist seid«, sagte Aidan MacLeod und sah sein Gegenüber verwundert an.

»Sienna ist überzeugt, dass ihre Freundin das hinbekommt.« Callum hob die Schultern. »Du weißt doch, wie sie sein kann. Abgesehen davon, hast du nicht über die Feiertage Notdienst?«

»Stimmt. Aber …«

»Dann schau doch einfach vorbei, um dich zu überzeugen, dass Pia mit allem zurechtkommt.«

Das kam so geschmeidig, als hätte Callum nur auf die passende Gelegenheit gewartet, ihn ins Haus locken, wenn der Besuch aus Deutschland da wäre.

»Nicht du auch noch«, hätte Aidan am liebsten gesagt.

Aber andererseits traute er seinem besten und ältesten Freund nicht zu, irgendwelche Verkuppelungsversuche zu initiieren. Bei Sienna sah der Fall schon etwas anders aus und diese Pia war ihre Jugendfreundin, soweit er verstanden hatte. Verdammt.

Er schluckte seinen Unmut herunter und schob stattdessen seinen Stuhl zurück, stand auf und meinte:

»Ich sollte mich langsam auf den Heimweg machen.«

In diesem Augenblick kam Sienna mit einer großen Teekanne aus ihrem Arbeitszimmer, offensichtlich, um sich Nachschub zu holen. Sie sah ihn mit gerunzelter Stirn an.

»Du bleibst nicht zum Abendessen? Heute kocht Callum seine berühmten Spaghetti mit Fleischbällchen.«

Geschlagen ließ er sich zurück auf den Stuhl fallen. Die beiden wussten genau, womit sie ihn ködern konnten. Genauso wusste er auch, dass er während der Abwesenheit seiner beiden besten Freunde nach dem Rechten schauen würde – selbst wenn Pias beste Freundin ihre Netze nach ihm auswerfen sollte.

›Jetzt komm mal wieder runter, MacLeod‹, rief er sich selbst zur Ordnung. Als ob jede unverheiratete Frau auf diesem Planeten ausgerechnet einen Tierarzt aus der Provinz zum Mann haben wollte. Das Gegenteil war viel wahrscheinlicher. Er konnte ja schon damals sein Glück kaum fassen, als Moira seinen Antrag angenommen hatte. Und dann hatte er alles zerstört. Nur durch seine Unbedachtsamkeit hatte sie diesen Unfall gehabt.

Er sprang auf. Ohne auf die verwunderten Blicke seiner Freunde zu achten, stürzte er zur Tür.

»Bin gleich wieder da, muss nur kurz …« Ja, was eigentlich?

Schwer atmend stand er vor der Haustür. Er benahm sich wie ein Irrer. Das musste aufhören. Er war immer stolz auf seinen rationalen Verstand gewesen. Doch seit Moiras Tod war er nicht mehr er selbst. Auch wenn ihm ständig alle sagten, dass der Schmerz mit der Zeit weniger werden würde, glaubte er schon längst nicht mehr daran. Seine Selbstvorwürfe befeuerten den Verlust, den er empfand, immer wieder aufs Neue. Zum Glück hatte er seine Arbeit, die er liebte und die ihn zumindest so weit ausfüllte, dass es Stunden gab, in denen seine Schuldgefühle nur ein leises Hintergrundrauschen waren.

Aber konnte das wirklich alles sein, was er noch vom Leben zu erwarten hatte? Kurz bevor der Unfall passierte, hatte er mit Moira Pläne für den Hauskauf geschmiedet. Auch der Kreditantrag war bereits gestellt. Ein Kinderzimmer sollte eingerichtet werden. Sie hatten beide beschlossen, dass sie nicht mehr länger warten wollten. Nach den ersten Anfangsschwierigkeiten, weil einige Farmer dem neuen Veterinär mit Skepsis begegneten, lief seine Praxis inzwischen so gut, dass sie sogar darüber gesprochen hatten, einen zweiten Tierarzt einzustellen. Doch nachdem Moira nicht mehr da war, die ihn immer motiviert hatte – er musste grinsen – angetrieben würde es wohl besser treffen, gab er sich mit dem Status quo zufrieden.

Ja, das war noch etwas, das ihm im Leben fehlte: ein Ziel. Und damit meinte er nicht nur das Ziel, einen Tag nach dem anderen herumzubringen, ohne unter seinen Schuldgefühlen zusammenzubrechen. Er musste davon wegkommen. Sienna hatte völlig recht gehabt, als sie ihm vor einigen Wochen knallhart auf den Kopf zugesagt hatte, dass er sich auf einem Selbstzerstörungstrip befinden würde.

Das war ausgerechnet an dem Tag gewesen, an dem er beschlossen hatte, klettern zu gehen, und sich um Haaresbreite das Genick gebrochen hatte. Obwohl er niemandem von dem Vorfall erzählt hatte, musste sie ihm irgendwie angemerkt haben, dass ihm etwas Einschneidendes passiert war und er sich nicht einfach nur den Knöchel verstaucht hatte, wie er ihr weismachen wollte. Ob bewusst oder unbewusst hatte er einen Aufstieg gewählt, der viel zu anspruchsvoll für seine Fähigkeiten war und erhielt prompt die Quittung für seinen Leichtsinn. Am Berg konnte man nicht ungestraft sein Schicksal herausfordern und es hätte viel, viel schlimmer ausgehen können.

Was auch immer der Grund gewesen war – Siennas Standpauke oder der Schock, als er am Hang des Devil's Ridge plötzlich den Halt verlor –, an diesem Tag hatte bei ihm die Erkenntnis eingesetzt, dass er mit sich selbst ins Reine kommen musste. Einen Abschluss finden. Doch er wusste, er hatte noch einen langen Weg vor sich und es würde immer zu Rückfällen kommen, so wie eben.

Allmählich beruhigte sich sein Atem.

Aidan merkte, dass ihm kalt wurde. Die Temperaturen waren seit einigen Tagen rapide gesunken und in höheren Lagen war bereits der erste Schnee gefallen. Zeit, wieder ins Haus zu gehen, bevor Sienna kam, um nachzusehen, was mit ihm los war.

Er warf noch einen langen Blick auf die Gipfel der Mamores, bevor er sich umdrehte und zurück ins Warme ging.

»Meinst du, er hat was geahnt?«, fragte Callum, während er zusammen mit seiner Frau den Abwasch machte.

Sienna zuckte mit den Achseln und meinte leichthin: »Und wenn schon. Aidan ist viel zu verantwortungsbewusst, um nicht nach dem Rechten zu sehen.«

»Damit liegst du vermutlich richtig.«

»Du wirst schon sehen.« Sie beugte sich vor und angelte nach dem Geschirrtuch. »Pia ist genau die passende Frau für ihn. Und was eignet sich besser, um emotional zu werden, als Weihnachten?«

»Pia, ist das nicht diese Baronin?«

»Baronesse«, verbesserte ihn Sienna. »Sie ist Kindergärtnerin.« Sie warf ihrem Mann einen kurzen Blick zu. »Erinnerst du dich nicht mehr an sie? Sie war meine Brautjungfer.«

»Ich erinnere mich nur noch an Alistair McNabs Dudelsack und an das Kind der Stewarts, das in die Topfpalme gekotzt hat.«

»Und an mich erinnerst du dich nicht?«

»Sollte ich?« Callum musterte sie stirnrunzelnd. »Wer sind Sie und was machen Sie in meinem Haus?«

»Du lebst wohl gerne gefährlich, Callum Fraser.« Sienna sah ihn mit blitzenden Augen an. »Ich gehe jetzt in mein Arbeitszimmer und sehe das nächste Kapitel durch. Aber wenn ich nachher in unser Bett komme, erinnerst du dich besser wieder an alles auf unserer Hochzeit – und ganz besonders an mich.«

*Hamburg Niendorf, Waldkindergarten*

Am Montagmorgen bat Pia als Erstes um ein Gespräch mit der Leiterin der Kita. Sie war etwas nervös, weil sie wusste, dass zu Beginn des neuen Jahres ungern Urlaub genehmigt wurde, außerdem war sie noch in der Probezeit. Daher betrat sie das Büro der Kita-Leitung kurz vor der Mittagspause mit ziemlich gemischten Gefühlen.

»Kommen Sie rein, Pia«, sagte ihre Chefin und wies auf den Besucherstuhl vor ihrem Schreibtisch.

Pia nahm Platz und sah die ältere Frau abwartend an. Deren Gesichtsausdruck ließ nichts Gutes ahnen. Pia merkte, wie sie etwas in sich zusammensackte und straffte sich. Noch war das Urteil nicht gesprochen.

»Sie wissen ja, dass Sie bei uns eingestellt wurden, weil wir eine Vertretung für die Elternzeit von Frau Schlichting gesucht hatten.«

»Ja …?«

Plötzlich fiel Pia auf, dass ihre Vorgesetzte ganz bewusst von »Frau Schlichting« sprach, die sonst immer »Saskia« genannt worden war. Nur sie selbst wurde mit Vornamen angesprochen, um ihr ihren Status zu verdeutlichen.

»So wie es aussieht, werden wir Sie im nächsten Jahr nicht weiter beschäftigen können, Pia, da Frau Schlichting für längere Zeit ausfallen wird und wir eine erfahrene Vollzeitkraft einstellen müssen.«

Sie betonte das Wort »erfahren« und warf Pia einen Blick zu, um zu prüfen, ob die nicht ganz so subtile Botschaft bei ihr angekommen war. ›Das war es dann wohl‹, dachte Pia. Nach knapp fünf Monaten gekündigt.

Sie war über sich selbst verwundert, dass sie so ruhig sitzen blieb, während sie sich anhören musste, dass sie mal eben auf die Straße gesetzt werden sollte. Wenn sie Glück hatte, würde sie relativ schnell eine neue Stelle finden. Die Stadt suchte immer mal wieder Erzieher und die Kitas waren chronisch unterbesetzt. Trotzdem tat es weh, dass ihre erste richtige Arbeit nicht einmal die Probezeit überstanden hatte. Außerdem wäre es ein großer Zufall, wenn sie wieder eine offene Stelle ausgerechnet in einem Waldkindergarten finden würde.

»…insofern machte es keinen Unterschied, ob Sie im Januar Urlaub nehmen oder nicht.«

»Verstehe«, murmelte Pia und stand auf.

Wortlos verließ sie das kleine Büro und ging ins Freie. Sie brauchte jetzt unbedingt frische Luft, selbst wenn es nur eine dicke graue Novembersuppe war, und einige Minuten, um sich sammeln.

Im Geiste spielte sie immer wieder die unausweichliche Szene in ihrem Elternhaus durch. Doch egal wie sie es drehte oder wendete, sie hatte schon wieder versagt, und für eine von Haydhausen war Versagen keine Option, das hatte man ihr schon früh eingetrichtert. Vielleicht war genau das der Grund, warum sie immer wieder scheiterte, erkannte Pia klarsichtig. Das abgebrochene Jura-Studium war ein Ausdruck von Rebellion gewesen, genauso wie ihre Ausbildung zur Erzieherin, wobei sie sich diesen genau überlegt hatte und sich wirklich zufrieden und gleichzeitig gefordert gefühlt hatte. Bereits als sie ein Praktikum machte, wusste sie, dass sie später in einem Waldkindergarten arbeiten wollte. So viel also dazu …

Sie beschloss, die schlechten Nachrichten erst mal für sich zu behalten und wie geplant nach Schottland zu fliegen. Schließlich verließen sich Sienna und Callum darauf, dass sie sich um das Haus und um die Tiere kümmern würde. Wenigstens war sie jetzt frei in ihrer Entscheidung, wie lange sie bleiben wollte.

Vielleicht würde sie sogar einen kleinen Skiurlaub

machen. Sienna hatte erzählt, dass sie in den höheren Lagen der Highlands im Winter genügend Schnee hätten und das die nähere Umgebung des Glencoe Valley Wintersportgebiet war. Wobei – Pia rechnete kurz nach – zuletzt hatte sie vor fünfzehn Jahren auf Skiern gestanden. Ob das wohl wie mit dem Fahrradfahren und dem Sex war? Dass man es nie verlernte, wenn man es einmal konnte?

*Schottland, Inverness, drei Wochen später*

Suchend sah sich Pia in der Ankunftshalle mit der gewölbten Deckenkonstruktion um. Sie wartete jetzt bereits zwanzig Minuten und so ganz allmählich schlich sich Besorgnis ein. Hatten die Frasers vergessen, dass sie heute ankam und jemand sie abholen sollte?

Sienna hatte sie vor zwei Tagen angerufen und gesagt, dass es ihr wahnsinnig leidtäte, aber sie müsste überraschend nach London reisen, um einige geschäftliche Termine wahrzunehmen. Sie hatte sich reichlich mysteriös ausgedrückt, aber das war nicht weiter ungewöhnlich. Vermutlich standen neue Projekte an, die sie mit ihrer Lektorin und ihrem Agenten diskutieren wollte, bevor ihr nächster Roman erschien. Callum würde sie begleiten, denn ihr Flug auf die Seychellen startete von London aus und er wollte den Tag nutzen, um bei einigen Tourismusunternehmern vorzusprechen und Werbung für Glencoe zu machen.

Pia war nicht überrascht gewesen. Sie kannte ihre Freundin lange genug, um zu wissen, dass so eine chaotische Planung eher der Normalfall war und sie nahm es ihr auch überhaupt nicht übel. Bei dem Gedanken, sich alleine an einem fremden Ort zurechtfinden zu müssen und außerdem noch für Callums Tiere zu sorgen, war ihr zwar etwas mulmig zumute, aber wenn die Frasers meinten, dass sie das packen würde, dann würde das wohl stimmen. Aufgrund ihrer langen Freundschaft wusste Sienna Pias Fähigkeiten recht gut einzuschätzen.

Ihre Freundin hatte während des Telefonats eine Gesprächspause gemacht. Fast so, als wollte sie Pia die Chance geben, die ganze Sache abzublasen. Was sie auch tatsächlich für einige Sekunden überlegt hatte, doch dann siegte ihre Neugierde.

Schließlich meinte Sienna, Pia solle sich keine Sorgen machen. Callum hätte alles organisiert, damit sie auch auf sich gestellt zurechtkam. Sollte sie dennoch Fragen haben, könnte ihr Callums bester Freund helfen. Dieser Aidan MacLeod würde sie auch am Flughafen abholen, damit sie nicht in der Dunkelheit auf den engen, verschneiten Straßen durch die Highlands fahren musste.

Nur war weit und breit niemand zu sehen, auf den Siennas Beschreibung zutraf.

Sollte Callum ihre Nachricht nicht bekommen haben, dass sie in Heathrow ihren Anschlussflug nicht bekommen hatte und erst am Abend eintreffen würde? Oder hatte er seinen Freund nicht erreichen können? Dass er sich dann nicht gemeldet hatte, passte so gar nicht zu ihm, denn Siennas Ehemann war der ruhende Pol von beiden, und wo ihre Freundin chaotisch agierte, war ihr Mann die Zuverlässigkeit in Person. Umso seltsamer war es, dass sie hier nun wie bestellt und nicht abgeholt stand.

Dieser Tag war wirklich wie verhext. Um ein Haar hatte sie verschlafen – ach, was, sie hatte verschlafen und war ohne Frühstück zur Sternschanze gelaufen, um den Bus zur Hallerstraße zu nehmen. Dort war ihr prompt die U-Bahn vor der Nase weggefahren. Schließlich war sie gerade noch rechtzeitig am Flughafen angekommen, doch nur um zu erfahren, dass sich ihr Flieger verspäten würde.

Zum wiederholten Mal zog sie ihr Handy aus der Manteltasche und zu prüfen, ob Callum ihr vielleicht eine SMS geschickt hatte. Und siehe da, sie hatte eine Nachricht bekommen, allerdings von einem ihr unbekannten, Absender. In dem lauten Stimmengewirr im Terminal musste sie das Signal überhört haben.

*Notfall. Weiß nicht, wann ich kommen kann. Nimm Taxi oder Mietwagen, sorry, Aidan McCloud,* las sie zu ihrem Entsetzen. Die Nachricht war vor über zwei Stunden abgeschickt worden, das bedeutete vermutlich, dass Callums Freund davon ausging, dass sie längst in Richtung Glencoe unterwegs war.

So ein Mist! Das durfte doch nicht wahr sein.

Pia wusste in etwa, wie lang die Fahrt ins Tal dauern würde und selbst wenn sie mit den Tarifen für eine Taxifahrt nicht vertraut war, war ihr bewusst, dass der

Preis exorbitant sein würde. Aber es half ja alles nichts. Wenn sie sich in der Stadt ein Hotel suchen musste, würde das vermutlich auch nicht viel billiger sein, und dann wäre sie immer noch nicht in den Highlands. Außerdem hatte sie keine Ahnung, durch welchen »Notfall« dieser Aidan abgehalten worden war. Womöglich könnte er sie auch am nächsten Tag nicht abholen – und dann waren da noch die Rinder, um die sie sich kümmern sollte.

Sie unterdrückte ein Kichern, als sie sich daran erinnerte, wie sie ihren Eltern eröffnet hatte, dass sie zu den Weihnachtstagen und auch zum Jahreswechsel nicht mit ihr rechnen konnten, da sie Kühe in den Highlands hüten würde. Natürlich war das maßlos übertrieben, aber die schockierten Blicke ihrer Eltern waren die kleine Aufschneiderei wert gewesen.

Sienna hatte ihr eine von Callum verfasste Liste gemailt, aber sie konnte sich nicht erinnern, ob sie abends noch irgendwelche Aufgaben zu erledigen hatte. So oder so wäre es besser, sofort aufzubrechen, sie hatte eh schon genug Zeit mit dieser nutzlosen Warterei vertrödelt.

Pia strebte in Richtung des Ausgangs und verfluchte ihre Entscheidung, ihren Koffer nicht auf einen Gepäcktrolley geladen zu haben.

Kaum war sie durch die Drehtür getreten, musste sie feststellen, dass weit und breit kein Taxi zu sehen war. Offensichtlich waren ihr die anderen Passagiere zuvorgekommen. Sie wartete noch einen Augenblick, aber ein schneidender Wind, der mit feinen Eiskristallen gespickt war, trieb sie zurück ins Terminal.

Ein Blick auf die Anzeigetafel sagte ihr, dass in den nächsten Stunden keine Maschinen starten oder landen würden. Kein Wunder, dass sie kein Taxi vorgefunden hatte. Vermutlich saßen alle Fahrer schon längst in ihrem warmen Zuhause beim Abendbrot mit ihren Familien.

Suchend sah sie sich in der Eingangshalle um und entdeckte den Schalter eines Mietwagenanbieters, der noch besetzt war, allerdings sah die Angestellte so aus, als wollte sie gerade Feierabend machen. Pia beschleunigte ihre Schritte.

Kurz darauf stand sie etwas atemlos vor dem Counter. Nur um die nächste schlechte Nachricht zu hören. Sie könnte zwar einen Mietwagen bekommen, aber nicht mehr heute, und außerdem müsste sie ihn wieder in Inverness abliefern.

Pia ließ sich mutlos auf ihren Koffer sinken. Immer, wenn sie dachte, es könnte nicht schlimmer kommen … Sie spürte, wie ihr der Hals eng wurde. Das fehlte noch, dass sie hier, an einem öffentlichen Ort, in Tränen ausbrach.

»Ich könnte Ihnen ein Taxi rufen«, sagte die Angestellte und bedachte Pia mit einem irritierten Stirnrunzeln.

Pia rappelte sich auf und bedankte sich viel zu überschwänglich, was ihr einen weiteren verwunderten Blick einbrachte, während die Angestellte zum Telefon griff.

*Schottland, West Highlands, Glencoe Valley*

Zwanzig Minuten später war sie endlich unterwegs in die Highlands. Der Feierabend-Verkehr war längst vorbei und sie fuhren in behäbigem Tempo durch das Schneetreiben auf der A82 Richtung Südwesten.

Der Fahrer hatte ihr in seinen wenigen redseligen Momenten erklärt, dass sie wegen des Winterwetters ungefähr drei Stunden, also länger als normalerweise, unterwegs sein würden. Pia hatte nur genickt. Sie spürte, wie ihr die Müdigkeit in die Knochen kroch, und versuchte angestrengt, nicht einzunicken.

Erst als der wortkarge Fahrer sie an der Schulter schüttelte, wurde ihr bewusst, dass sie tatsächlich eingeschlafen war. Sie waren fast am Ziel. Absurderweise fragte sie sich, wie er gleichzeitig das Taxi lenken und sie wachrütteln konnte. Blinzelnd öffnete sie die Augen und bemerkte erleichtert, dass der Wagen angehalten hatte – was ja auch durchaus logisch war.

Sie standen auf einem kleinen Parkplatz vor einem zweistöckigen Gebäude, dem *Glencoe Inn,* wie auf dem beleuchteten Schild zu lesen war.

»Wir sind da, Madam«, stellte der Fahrer fest.

»Sind wir nicht«, antwortet sie prompt. Als ob Sienna und Callum über einem Pub wohnen würden.

»Doch. Sie wollten nach Glencoe und wir sind in Glencoe.« Zur Bekräftigung zeigte er auf das Schild.

»Hab ich Ihnen die Adresse nicht gesagt?« Pia furchte

die Stirn. War sie wirklich so verpeilt?

»Nein«, kam es mürrisch von der Fahrerseite und ein unausgesprochenes ›Sonst würden wir hier kaum vor einem Pub stehen‹ schwang in dieser einen Silbe mit.

Pia merkte, wie ihr die Röte in die Wangen schoss. Viel peinlicher ging es kaum noch. Hektisch suchte sie nach ihrem Smartphone und rief die Nachricht von Sienna auf, die die Wegbeschreibung enthielt. Sie streckte den Arm aus und zeigte das Display dem Fahrer.

»Upper Carnoch. Wissen Sie, wo das ist?«

»Aye.« Er nickt bekräftigend.

»Und können Sie mich hinfahren?«

»Wenn Sie dahin wollen, Madam, werde ich Sie fahren.«

»Ja, bitte.«

Erleichtert ließ sich Pia in den Sitz zurücksinken.

Kurz darauf und einige Kurven später hielt der Wagen vor einem kleinen Haus, das etwas außerhalb des Dörfchens lag. Sie spähte neugierig aus dem Seitenfenster. Im Scheinwerferlicht konnte sie einige große Rhododendren ausmachen, die rechts und links von der Gartenpforte wuchsen, die immergrünen Blätter zum Schutz vor dem Nachtfrost eingerollt. Ein kleines Notlicht brannte über der Haustür. Gut. So würde sie wenigstens den Schlüssel finden, der neben Tür versteckt sein sollte.

Der wortkarge Fahrer war inzwischen ausgestiegen, um ihren Reisetrolley aus dem Kofferraum zu heben.

Pia durchforstete ihre Handtasche nach ihrem Portemonnaie und zog mit einem Seufzer zwei Fünfzig-Pfund-Noten und einen Zwanziger hervor. Diese ungeplante Ausgabe hatte ein ziemliches Loch in ihre Reisekasse gerissen. Das hatte sie nun von ihrem Stolz. Ihr letztes Gehalt würde erst zum Jahresbeginn auf dem Konto sein und ihre monatliche Leibrente, die ihr aus dem Erbe ihrer Großmutter gezahlt wurde, hatte sie, seit sie aus der elterlichen Villa ausgezogen war, nicht mehr angerührt, und so sollte es auch bleiben. Schließlich wollte sie auf eigenen Füßen stehen und dazu gehörte auch, dass sie nicht auf einem weichen Polster ruhte.

Die Rücklichter des Taxis verschwanden in Richtung Tal und sie war weit und breit das einzige Lebewesen in dieser winterlichen Landschaft – zumindest machte es diesen Eindruck auf sie.

Das Schneetreiben, das sie auf dem Weg durch die Highlands begleitet hatte, war schwächer geworden und vereinzelt blinkten Sterne durch die aufgerissene Wolkendecke. Außer ihren Schritten auf dem verharschten Schnee und dem Geratter der Räder ihres Rollkoffers waren keine Geräusche zu hören. Und die nächsten Nachbarn schienen meilenweit entfernt zu sein.

»Wir leben etwas abgelegen.« Mit diesen Worten hatte ihr Sienna ihr Heim beschrieben. »Aber uns gefällt es so.«

Pia schüttelte das Unbehagen ab, das sie bei dem Gedanken überfallen hatte, mutterseelenallein in den Highlands gelandet zu sein, und marschierte zielstrebig zur Tür.

Der Schüssel lag an dem beschriebenen Ort unter einer glasierten Katze aus Steingut, deren linkes Ohr angestoßen war. Pia zog ihren Handschuh aus, um ihn aufzunehmen, und zuckte kurz vor dem eiskalten Metall zurück.

Ja, es war eindeutig frostig. Hoffentlich hatten die Frasers die Heizung nicht auf Sparbetrieb gestellt. Die Vorstellung, in ausgekühlte Räume zu kommen, ließ sie frösteln. Sie schüttelte über sich selbst den Kopf. Wenn sie nicht aufschloss, würde sie nie erfahren, ob es drinnen mollig war oder nicht. Resolut steckte sie den Schlüssel uns Schloss und drehte ihn um.

Die Haustür schwang auf und Pia betrat ihr vorübergehendes Zuhause

# 3

Kalt war es nicht, konstatierte Pia, nachdem sie die Tür hinter sich geschlossen hatte. Sie schaltete das Licht an und ging langsam den kleinen Flur entlang. Sienna hatte ihr vor einigen Wochen bereits Fotos vom Inneren des kleinen Hauses gemailt und so fand sie »ihr« Zimmer ohne große Umwege.

Alles war für sie vorbereitet und die liebevoll ausgesuchte Einrichtung ließ sie sich sofort heimisch fühlen. Sogar eine Schale mit Weihnachtssüßigkeiten und Nüssen stand dort für sie auf dem Tisch und Pia nahm sich gleich ein Stückchen Nougat, noch bevor sie ihre Jacke ausgezogen hatte.

Sie beschloss, ihren Koffer später auszupacken und sich erst mal einen Überblick zu verschaffen. Außerdem wollte sie sich einen Tee aufbrühen und versuchen, etwas runterzukommen. Es war ein langer Tag gewesen, voller Stolpersteine und unerwarteter Hindernisse.

Die Küche war schnell gefunden und neben dem Herd fand sie eine Büchse mit aromatisch-duftendem schwarzem Tee, eine Keksdose mit selbst gebackenem Shortbread und eine kurze Nachricht von Sienna vor:

»Fühl dich wie zu Hause. Solltest du Fragen haben, ruf einfach Aidan an. Er wird dir gerne helfen.«

›Vermutlich so, wie er mir am Flughafen geholfen hat‹, grollte Pia und las weiter:

»Er wird morgen auch nach den Tieren sehen, damit du dich erst mal eingewöhnen kannst.«

Nein, das würde er nicht, schwor sich Pia. Sie wollte ohne diesen mysteriösen Aidan zurechtkommen. Schließlich war sie bestens gerüstet. Sie hatte alles über Glencoe und die Umgebung gelesen und natürlich auch über die Tiere, die für die nächsten zehn Tage in ihrer Obhut waren. Sie war schon sehr gespannt auf ihre erste Begegnung mit den zotteligen Hochlandrindern, die sich durch ein ausgesprochen freundliches, wenn auch ziemlich stures Wesen auszeichnen sollten.

Pia setzte den Teekessel auf und nahm sich einige Stücke Gebäck. Während sie darauf wartete, dass das Wasser kochte, inspizierte sie den Kühlschrank.

Zu ihrer großen Erleichterung hatte Sienna noch eingekauft. Frische Milch, Aufschnitt, Orangensaft und Joghurt, alles war da. Und im Tiefkühlschrank befanden sich etliche Fertigmenüs. Sie würde also nicht als Erstes nach Fort William fahren müssen, um sich dort durch die Geschäfte zu kämpfen, die vermutlich in der Vorweihnachtszeit genauso überfüllt waren wie in Deutschland.

Der nächste Morgen begrüßte sie mit klarem Himmel, und der Schnee auf den Bergkuppen hatte einen rosafarbenen Schein von der aufgehenden Sonne. Pia hatte in dem fremden Bett überraschend gut und tief geschlafen. Ein Blick auf Uhr zeigte ihr, dass es kurz nach neun Uhr war.

Ein Hoch auf den Zeitunterschied, dachte sie und schwang ihre Beine aus dem Bett. In Deutschland war es bereits zehn Uhr vormittags und ihr knurrender Magen wusste das auch.

Im Zimmer war es empfindlich kühl und Pia beschloss, erst einmal der Ursache auf den Grund zu gehen, bevor sie unter die Dusche hüpfte. Sie warf einen Blick auf das Außenthermometer und ließ sich die Tiefsttemperatur von letzter Nacht anzeigen: minus zwei Grad. Das bedeutete dann wohl, sie musste nach dem Zustand der Tränke schauen. Vermutlich wäre es besser, die Dusche etwas zu verschieben und erst zu den Rindern zu fahren.

Fröstelnd schlang sie die Arme um ihren Oberkörper, während sie den Flur entlangtappte und in die Küche ging. Sie spähte aus dem Fenster und sah den großen Holzstapel, der unter dem Dachvorsprung aufgeschichtet war. Gut. Wenn es ihr nicht gelang, die Heizungsanlage auf Wohlfühltemperatur zu bringen, konnte sie immer noch den Kamin anheizen.

Pia verzog das Gesicht. Dieser Tag fing genauso mies an, wie der letzte Tag aufgehört hatte. Sie wollte sich gerade auf die Suche nach dem Raum mit der Heizanlage machen, als sie ein dumpfes Rumpeln hörte, das sie nicht zuordnen konnte. Während sie noch lauschend im Raum stand, fiel ihr Blick auf den Küchentisch.

»Ich habe eben nach den Herden gesehen. Willkommen in Glencoe, Aidan«, stand dort auf einem abgerissenen Notizzettel, der an der Zuckerdose lehnte.

Pia verspürte eine seltsame Mischung aus Erleichterung und Ärger. Erleichterung, weil sie jetzt nicht in die Kälte zu den Rindern musste, und Ärger, weil ein wildfremder Mann im Hause gewesen war, während sie schlief. Was erlaubte sich dieser Kerl eigentlich? Selbst wenn er ein enger Freund der Frasers war, so etwas tat man doch nicht!

Kopfschüttelnd griff sie nach dem Wasserkessel, um Tee zu kochen, und erst nachdem sie den Herd angeschaltet hatte, bemerkte sie, dass sich die Raumtemperatur spürbar erhöht hatte.

Die Heizung!

Offensichtlich hatte sich das Problem von selbst gelöst. Gut. Wenigstens etwas.

Pia sah an sich hinunter, sie trug nichts weiter als ein kariertes Flanellnachthemd.

Wie passend für Schottland, dachte sie mit einem

Grinsen. Aber sollte es diesem Aidan einfallen, noch einmal hier reinzuschneien, wollte sie ihm lieber nicht so gegenübertreten. Sie presste verärgert die Lippen zusammen. Letztendlich war es doch völlig egal, was sie anhatte, so oder so gehörte es sich nicht, einfach so in Häuser einzudringen. Schließlich hätte er ihr die Nachricht auch auf anderem Weg zukommen lassen können. Er hatte doch sogar ihre Mobilnummer. Seit wann konnte man keine SMS mehr schicken?

Nachdem sie sich ihre Jogging-Sachen übergezogen hatte, ging sie zurück in die Küche, um mit den Frühstücksvorbereitungen weiterzumachen. Ein heißer Becher Tee, Toast, dick mit Honig bestrichen, danach stand ihr der Sinn. Normalerweise aß sie zum Frühstück Overnight Oats, aber sie war einfach von der Reise zu groggy gewesen, um auch noch daran zu denken, ihre spezielle Müslimischung einzuweichen. Sie trug alles ins Wohnzimmer und setzte sich auf die breite Fensterbank, um zuzusehen, wie die Sonne hinter den Bergen aufstieg.

Ja, hier könnte es ihr gefallen.

Und beim Anblick der schneebedeckten Gipfel spürte sie, wie ganz allmählich der Stress der letzten Wochen von ihr abfiel und sich sogar etwas Vorweihnachtsstimmung einstellte. Sie wollte nicht mehr an die Kündigung denken und daran, was sie tun würde, wenn sie nicht bald eine neue Arbeitsstelle fand. Wobei ihre Chancen mehr als schlecht standen, wenn sie realistisch war. Es hieß zwar immer, dass Erzieher gesucht wurden. Sie war auch zuversichtlich gewesen, schnell einen neuen Arbeitsplatz zu finden, aber leider hatte sich das als Irrtum herausgestellt. Dabei hatte sie wirklich alles versucht und war sogar willens gewesen, einen längeren Weg zur Arbeit in Kauf zu nehmen.

Pia seufzte. Da hatte sie nun endlich ihren Traumberuf gefunden und nach nur fünf Monaten hatte sie ihn verloren – verloren wie ihren Verlobten. Wobei die Auflösung ihrer Verlobung rückblickend mit einer Portion Erleichterung verbunden gewesen war. Sie hatte Daniel nie geliebt, das wusste sie jetzt. Sie waren nur das Vorzeigepaar gewesen, aber kein Liebespaar. In dem Schmerz, den sie über seine Untreue und seinen Verrat empfand, hatte auch eine Portion Enttäuschung darüber gesteckt, dass sie offensichtlich nicht gut genug für ihn gewesen war.

Und nun war sie plötzlich in den Highlands. Unwillkürlich fragte sie sich, welche Überraschung das Leben noch für sie bereithalten würde. Viel schlimmer konnte es eigentlich nicht mehr kommen. Es wurde höchste Zeit, dass sie zu ihrer alten, optimistischen Grundeinstellung zurückfand. Und genau hier war der perfekte Ort dafür, hier konnte sie durchatmen und abschalten und sich neu ausrichten. Das spürte sie in ihrem Inneren.

Pia trank genüsslich einen Schluck Tee.

Weiße Weihnachten, wie lange hatte sie das schon nicht mehr erlebt? Selbst wenn es im Dezember schneite, blieb die weiße Pracht in Hamburg nie lange liegen, sondern wurde binnen kurzer Zeit zu einer braungelben

Matsche. Zuletzt hatte es weiße Weihnachten gegeben, als sie sieben oder acht Jahre gewesen war. Pia erinnerte sich, wie sie im Garten der elterlichen Villa einen Schneemann und eine Schneefrau gebaut hatte und im Jenischpark Schlitten gefahren war. Der Schnee hatte so hoch gelegen, dass er über den oberen Rand in ihre Stiefel eingedrungen war.

Wie standen wohl die Chancen, dass es hier an Weihnachten schneien würde? Sie hatte gelesen, dass die Temperaturen in Großbritannien wegen des Golfstroms generell höher waren als zum Beispiel in Norddeutschland. Als sie Sienna vor einigen Jahren in Eastbourne besuchte, hatte sie dort Palmen gesehen.

Inzwischen war der Tee kalt geworden, aber sie konnte sich nicht von dem Anblick, der sich ihr bot, losreißen. Als Sienna ihr erzählte, dass sie von Südengland in die schottische Einöde ziehen würde, hatte sie diesen Schritt nicht nachvollziehen können. Eastbourne war zwar nicht der Nabel der Welt, sondern ein recht beschaulicher Badeort, aber London war mit dem Zug in nur anderthalb Stunden zu erreichen. Auch hatte sie ihre Freundin nie als typisches Landei gesehen. Doch hier, an diesem klaren Wintermorgen, bekam sie einen ersten Eindruck davon, warum ihre Freundin sich nicht nur in Callum Fraser, sondern auch in die Highlands verliebt hatte.

»Nein, auch keine fettreduzierte Wurst für Percy, Mrs Henderson«, sagte Aidan und hob den grauen Perserkater von der Waage und setzte ihn in seine Transporttasche. »Er hat schon wieder zugenommen.«

Die ältere Frau sah ihn flehend an. »Nicht mal ein klitzekleines Stückchen? Er liebt sie doch so.«

»Haben Sie ihm die Snacks angeboten, die ich Ihnen neulich empfohlen habe?«

»Dieses Trockenfleisch?«

Sie sah ihn so entrüstet an, als ob er vorgeschlagen hatte, dass sie ihren Kater vergiften sollte.

»Genau das«, nickte er. »Es wird von Katzen sehr gut angenommen.«

»Nicht von meinem Percy«, erklärte Mrs Henderson im Brustton der Überzeugung. Sie beugte sich über das Tier und säuselte: »Für meinen Jungen gibt es nur das Beste.«

»Solange es keine Wurst ist …«, murmelte Aidan ergeben.

Er wusste, bei diesen älteren Ladys predigte er tauben Ohren. Wobei Percy für einen Kater seines Alters erstaunlich gut in Form war, bis auf sein Gewichtsproblem. Daher sagte er nur, während er der Frau die Hand schüttelte:

»Kommen Sie in sechs Monaten wieder in die Praxis, Mrs Henderson. Dann schauen wir nach seinem Zahnstein.«

Nachdem er die Tür hinter den beiden geschlossen

hatte, warf er einen Blick in seinen Kalender. Er hatte nur noch einen Termin in der Nähe von Kinlochleven, was nur einen Katzensprung von Glencoe entfernt war – und was ihn unweigerlich zu diesem Morgen brachte.

Was hatte er sich eigentlich dabei gedacht, einfach so ins Haus der Frasers zu spazieren? Nur weil er sein Handy bei seiner Schwägerin vergessen hatte, gab ihm das noch lange nicht die Berechtigung dazu, genauso wenig der Umstand, dass er bei den Frasers für gewöhnlich ein und aus ging. Zum Glück hatte Siennas Hausgast noch geschlafen, aber es hätte auch anders ablaufen können. Er musste wirklich an seinen Umgangsformen arbeiten. Seit Moira … hatte er sich immer mehr zum Eremiten entwickelt. Der schrullige Tierarzt aus der Provinz. Das war er doch gar nicht.

Sobald er nach dem Fohlen und der Stute gesehen hatte, würde er kurz beim Haus der Frasers vorbeifahren, sich anständig vorstellen und erklären, warum er gestern nicht wie abgesprochen zum Airport hatte kommen können. Er konnte nur hoffen, dass Siennas Freundin Sinn für Humor hatte, wenn die Sprache auf seinen »Besuch« am frühen Morgen kommen würde.

Nachdem Aidan aus seinem SUV gestiegen war, streckte er sich und gähnte herzhaft. Die letzte Nacht steckte ihm noch mächtig in den Knochen. Die Fuchs-Stute hatte zum ersten Mal gefohlt und es war eine schwierige Geburt gewesen. Anschließend hatte es

Probleme gegeben, weil sie das kleine Hengstfohlen nicht annehmen wollte.

Während er zu den Stallungen ging, hoffte er, dass Catriona gute Neuigkeiten für ihn hatte. Sie bewirtschaftete das Gestüt alleine und wenn sie das Fohlen von Hand aufziehen müsste, wäre das eine zusätzliche Belastung für sie.

Aidan stieß die angelehnte Stalltür auf und ging zu der Abfohlbox. Wie erwartet, war Catriona bei den beiden Ponys.

Bei dem Anblick ihrer roten Locken und ihrer schlanken Figur verspürte er, wie jedes Mal, einen Stich. Catriona war Moiras kleine Schwester und obwohl die Ähnlichkeit zwischen den beiden McGregor-Frauen nur oberflächlich war, war da diese kurze, schmerzhafte Sekunde.

Er holte tief Luft und schob die Tür zu der Box auf.

Genüssliche Schmatzgeräusche klangen ihm entgegen und er spürte, wie die Anspannung von ihm abfiel. Die Stute hatte ihr Fohlen angenommen, und der Kleine stieß energisch mit dem Kopf gegen das Euter und trippelte aufgeregt auf der Hinterhand.

»Da schmeckt es jemandem«, schmunzelte er, nachdem er seine Schwägerin mit einem Nicken begrüßt hatte.

Obwohl sie dunkle Schatten unter den Augen hatte und so blass war, dass ihre Sommersprossen auf ihrer

Nase und den Wangen scharf hervortraten, strahlte sie vor Glück. »Ist das nicht ein wunderbarer Anblick?«

»Ja, das ist es.«

Wie immer benahm sich Catriona, als wäre er die ganze Zeit anwesend gewesen und nahm ihre Unterhaltung von letzter Nacht wieder auf. »Was meinst du, wird er den Aalstrich behalten?«

»Vermutlich wird er sich rauswachsen«, sagte er mit einem Lächeln. »Aber du bist die Expertin für Highland-Ponys, schon vergessen?«

»Stimmt.« Mit einem breiten Grinsen sah sie ihn an. »Was für eine Nacht.«

»Was für eine Nacht«, wiederholte er.

Er trat zu dem Muttertier und prüfte den Puls und die Körpertemperatur. Alles war im Normalbereich und auch das Euter fühlte sich nicht verhärtet an. »Die Nachgeburt ist auch abgegangen?«

»Ja. Der Eimer steht im Gang.«

»Gut. Ich schaue sie mir noch kurz an, bevor ich nach Hause fahre.« Er warf ihr einen Blick zu. »Du siehst auch so aus, als könntest du ein paar Stunden Schlaf gebrauchen.«

»Ich gehe gleich zu Bett, versprochen.« Sie sah ihn nachdenklich an. »Wenn man es genau nimmt, bist du letzte Nacht Patenonkel geworden und hast die Ehre, dem kleinen Burschen einen Namen zu geben.«

»So, so, die Ehre.« Er wusste das Catriona sich manchmal etwas schwer mit der Namensfindung für ihre

Highland-Ponys tat, aber warum eigentlich nicht? »Ich denke drüber nach«, versprach er und schob die Tür zu der Abfohlbox wieder zu.

❄

»Wenn du nur Kleinigkeiten benötigst, fährst du am besten in die Kooperative nach Kinlochleven«, hatte ihr Sienna geraten, »dort ist die Auswahl etwas besser als in unserem *Nisa Store*.« Und genau dorthin war Pia am Nachmittag mit Siennas altem Nissan gefahren, um kurz einzukaufen. Auch wenn ihre Freundin reichlich Vorräte angelegt hatte, wollte sie noch etwas frisches Obst besorgen. Doch zuvor hatte sie noch einen kleinen Abstecher zum Ballachulish Visitor Centre gemacht und sich erst in der Tourist Information mit Broschüren eingedeckt, um dann im angeschlossenen Café einen heißen Tee zu trinken und leckere Scones zu essen.

Sie war mit einer der Angestellten ins Gespräch gekommen und da um diese Tageszeit kaum Besucher da waren, hatte sie über der netten Unterhaltung völlig die Zeit vergessen. Als sie dann endlich nach Kinlochleven weiterfuhr, war es bereits vier Uhr durch. Da die Fahrzeit aber nur kurz war, dachte sie sich nichts weiter dabei. Immerhin hatte sie festgestellt, dass sie erstaunlich schnell mit dem Linksfahren zurechtkam und geschneit hatte es den ganzen Tag auch nicht. Trotzdem hielt sie sich ran und befand sich bereits eine halbe Stunde später auf dem Rückweg.

Die B863 schlängelte sich entlang des Loch Leven. Ab und an konnte sie einen Blick auf das Wasser des Sees werfen. Der linke Straßenrand wurde von schroffen Felsen begrenzt. Rechts und links der zweispurigen Fahrbahn wuchsen Birken und andere Laubgehölze, Kiefern und niedriges Buschwerk, dazwischen Heide und die schon vertrauten Rhododendren. Im Frühjahr musste es hier wunderschön sein.

Fichten kamen eher selten vor, konstatierte Pia. Damit konnte sie sich vermutlich von einem Weihnachtsbaum verabschieden. Vielleicht feierte man in Schottland auch anders, überlegte sie. Weder in Glencoe noch in Kinlochleven waren geschlagene Tannen zum Verkauf angeboten worden. Aber wollte sie überhaupt einen Baum?

Ja, wollte sie.

In drei Tagen war Heiligabend und die Vorstellung, die Weihnachtstage ohne geschmückten Baum zu verbringen, behagte ihr überhaupt nicht. In Hamburg war sie noch froh gewesen, den Zwängen der Familienfeier zu entkommen, aber bei dem Gedanken, dass sie nun ganz allein in einem fremden Haus sitzen würde, wurde ihr der Hals schon etwas eng. Hatte sie wirklich die richtige Entscheidung getroffen?

Ja, hatte sie. Energisch wischte sie die Zweifel beiseite.

Unvermittelt, und fast als Antwort auf ihre Überlegungen, setzte leichter Schneefall ein. Pia schaltete den Scheibenwischer an. Die Dämmerung, die sich fast unbemerkt angeschlichen hatte, erschwerte zusätzlich die Sicht.

Plötzlich huschte ein grauer Schatten über die Fahrbahn. Katze, dachte sie noch und da hatte sie auch schon das Lenkrad verrissen. Der Nissan verließ die Fahrbahn, holperte über steinigen Untergrund und fuhr einige Sträucher um, bevor er zum Halten kam.

Zittrig holte Pia einige Male tief Luft. Das war gerade noch mal gut gegangen. Sie schaltete den Motor ab und stieg aus.

Sie musste wissen, ob mit der Katze alles in Ordnung war. Und überhaupt – was tat das Tier hier draußen? Weit und breit gab es keine Häuser. Sie ging ein paar Schritte und sah sich suchend um. Wo würde sich eine verängstige Katze verstecken? Pia schlang fröstelnd die Arme um den Oberkörper. Sie wollte gerade umkehren, um sich ihre Jacke zu holen, als sie ein leises Mauzen herumwirbeln ließ.

Und da saß er, nur wenige Schritte von ihr entfernt, effektvoll angestrahlt von den Frontscheinwerfern. Er sah aus wie ein übergroßer silbergrauer Wattebausch. Goldorangefarbene Augen sahen sie ohne zu blinzeln vorwurfsvoll an.

Sie hatte keine Erfahrung mit Haustieren und deren Verhalten. In ihrem Elternhaus wurden Tiere nicht gern gesehen, dabei hatte sie sich so sehr einen vierbeinigen Spielgefährten gewünscht. Aber Jahr für Jahr verging, ohne dass ihr Weihnachtswunsch erfüllt wurde. Damals hatte sie Ratgeber über Katzenhaltung und zu Katzenverhalten verschlungen, aber davon waren nur Satzfragmente hängen geblieben. Wie näherte man sich einer fremden Katze? Sollte man Blickkontakt aufnehmen? Wie nahm man sie hoch? Alles wichtige und brandaktuelle Fragen, denn so viel stand fest: Sie würde das Tier nicht hier draußen in der Eiseskälte seinem Schicksal überlassen. Wobei sie streng genommen genauso hier draußen gestrandet war, denn sie hatte große Zweifel, dass sie den Wagen wieder auf die Landstraße bekommen würde.

›Einen Schritt nach dem anderen‹, sagte sie sich. ›Erst die beleidigte Katze und dann der Wagen.‹

Langsam ließ sie sich auf die Hacken sinken und lockte: »Miez, Miez, komm.«

Der silbergraue Wattebausch blinzelte wie in Zeitlupe, dann riss er sein Mäulchen zu einem herzhaften Gähnen auf, zeigte seine beeindruckenden Reißzähne und stand auf. Er streckte sich und kam – jede seiner Bewegungen drückte die Gnade aus, die er ihr damit erwies – mit gravitätischen Schritten auf sie zu. Er wölbte seinen Rücken und drückte sich an ihr Knie.

Pia hielt buchstäblich die Luft an. Vorsichtig und nur mit den Fingerspitzen strich sie ihm über den großen Kopf. Ihre Bemühungen wurden belohnt, indem die Katze ihre Schnurrhaare an Pias Knie glättete. Vorsichtig intensivierte sie den Kontakt und als sie schließlich das Gefühl hatte, dass die erste Annäherung erfolgreich war, stand sie langsam auf, bückte sich und nahm die Katze hoch.

Erstaunlicherweise sträubte sich das Tier nicht, sondern ließ sich in den Wagen tragen und von ihr in ihre Winterjacke hüllen.

Gut. Jetzt der nächste Schritt.

Pia wollte sich gerade hinter das Steuer setzen, als sie sah, wie in der Ferne Scheinwerfer durch das Schneegestöber schnitten und sich zügig ihrem Standort näherten. Sollte sie wirklich so viel Glück haben?

Sie warf die Wagentür zu, sprang auf die Straße und ruderte wild mit den Armen.

›Anhalten, bitte anhalten‹, flehte sie stumm. ›Und lass es kein Serienmörder sein‹, setzte sie schnell hinzu.

Der Fahrer des SUV schien ihre Botschaft erhalten zu haben, denn er bremste ab und fuhr an die Seite. Die Fahrertür wurde aufgestoßen, ein Mann sprang heraus und brüllte sie an. Sein Gesicht war verzerrt und er sah aus wie ein Wahnsinniger.

Pia stolperte rückwärts, bis sie die Stoßstange des Nissan an ihren Waden fühlte. Sie nahm nichts von den Worten auf, so geschockt war sie.

Mit losgelöster Klarheit schlussfolgerte sie völlig nüchtern: ›Also doch ein Serienkiller.‹ Und dann schoss ihr ein absurder Gedanke durch den Kopf: ›Damit hat sich die Frage nach dem Weihnachtsbaum wohl erledigt.‹

# 4

Sind Sie völlig irre, sich hier in diese unübersichtliche Kurve zu stellen?«, brüllte Aidan die Frau an.

Er hatte gedacht, sein Herz würde aussetzen, als er sie ausgerechnet an der Stelle stehen sah, an der Moira vor zwei Jahren gestorben war. All die schrecklichen Bilder vom Unfallort waren mit Lichtgeschwindigkeit vor seinem inneren Auge abgelaufen.

Ausgerechnet heute. Ausgerechnet an dem Tag, an dem er diese Strecke zum ersten Mal wieder gefahren war. All die Monate hatte er nach Ausreden gesucht, warum er nicht den kürzesten Weg nehmen konnte. Aber in Wahrheit hatte er es einfach nicht ertragen, an dem Unfallort vorbeizufahren. Er versuchte sich zu fokussieren, sich wieder zu beruhigen. Es war nichts passiert. Er hatte sich nur wie ein Irrer benommen und eine ihm völlig fremde Frau angeschrien.

Erst da bemerkte Aidan, dass sie ängstlich vor ihm zurückgewichen war und ihn aus weit aufgerissenen Augen anstarrte. Er räusperte sich verlegen und fragte das Offensichtliche: »Haben Sie Probleme mit Ihrem Wagen?«

Sie sah aus, als hätte sie ihn nicht verstanden. Vielleicht war sie eine Touristin, die mit seinem schottischen Dialekt nicht zurechtkam. Betont langsam wiederholte er seine Frage.

»Ich …«, ihre Stimme klang flach. Sie schluckte und befeuchtete ihre Lippen. »Ich habe Sie schon beim ersten Mal verstanden«, sagte sie.

Eine Deutsche also. Obwohl sie kaum mit Akzent sprach, gab es keinen Zweifel. Er hätte nicht überrascht sein sollen. Die Touristen brachten zwar Geld in die Gegend, aber kamen auf die seltsamsten Ideen. Wobei die junge Frau vor ihm … blonde Haare, die sich unter einer Strickmütze hervorkringelten und blaugraue Augen, die ihn voll Misstrauen und Ablehnung musterten … hübsch, dachte er. Wirklich hübsch. Und dann: ›Jetzt sieh mal zu, wie du deinen Auftritt von eben wieder geradebiegst.‹

»Sie haben sich sehr leichtsinnig verhalten. Die Kurve ist gefährlich, hier hat es …«, er brach ab, konnte es nicht aussprechen: Hier hat es einen tödlichen Unfall gegeben.

»Diese Kurve ist überhaupt nicht gefährlich. Wenn man auf dieser Seite der Fahrbahn bleibt«, fauchte sie. »Sie haben mich ja schließlich auch gesehen.«

»Wie dem auch sei. Jetzt stecken Sie jedenfalls fest.« Er ging um den Wagen herum und stutzte plötzlich.

Das konnte doch nicht sein!

»Was machen Sie mit Siennas Wagen?«, platzte es aus ihm heraus.

»Ihn von der Straße fahren, wie Sie sich eben selbst überzeugen konnten«, sagte sie und rollte genervt mit den Augen.

Großartig. Die Frau, die er mit seiner Tirade eingeschüchtert hatte, war der Hausgast der Frasers. Also die Person, zu der er unterwegs gewesen war, um sein eigenartiges Vorgehen vom Morgen zu erklären. Das würde ja schön was werden. Sie hielt ihn doch bereits jetzt für einen Spinner. Aidan beschloss, das Problem zu vertagen, und sagte:

»Ich könnte versuchen, ob ich ihn freibekomme.«

»Ist gut.« Sie nickte, schien aber alles andere als begeistert zu sein. Was ja auch kein Wunder war.

»Wie ist das eigentlich passiert?«, fragte Aidan, die Hand am Türgriff.

»Eine Katze lief mir vors Auto und ich bin ausgewichen.«

»Eine was?«

Aidan hatte die Fahrertür geöffnet. Er beugte sich vor und wurde mit einem erbosten Fauchen belohnt. Er prallte förmlich zurück.

»Das ist ja der Blaue«, sagte er verdutzt.

»Bitte?«

»Der Blaue, so hat Hamish McClintock seinen British Blue genannt. Wir haben ihn bereits überall gesucht.«

»Dann ist sie … er also jemandem entlaufen?«

Das klang fast so, als ob sie es bedauern würde, dass dieses Monster nicht herrenlos war. Und noch etwas hörte er in ihrer Stimme, das leise Stakkato ihrer aufeinander klappernden Zähne. Er jetzt bemerkte er, dass sie keine Jacke trug. Dafür thronte der alte Kater auf einer grauen Winterjacke und sah nicht so aus, als würde er die warme Unterlage freiwillig räumen.

»Nicht direkt«, antwortete er zerstreut. »Sie müssen ins Warme, oder sich wenigstens die Jacke anziehen.«

»Die Katze muss es warm haben«, sagte sie prompt.

Aidan verkniff sich, ihr zu sagen, dass der Kater seit mehr als zwei Wochen vermisst wurde und die ganze Zeit im Freien gewesen war. Stattdessen sagte er:

»Dann nehmen Sie die Katze und setzen sich so lange in meinen SUV, bis ich diesen Wagen freibekommen habe.«

»Und warum sollte das irgendetwas ändern?« Wieder dieser misstrauische Blick.

»Ich habe eine Standheizung und sie ist in Betrieb.«

»Oh, wenn das so ist«, murmelte sie. Ein weiterer schräger Blick. »Und Sie sind ein Bekannter der Frasers?«

»Aye.« Für peinliche Geständnisse war später immer noch Zeit.

Immer noch mit zweifelndem Gesichtsausdruck griff sie nach dem Kater und ihrer Jacke und folgte ihm zu seinem SUV. Aidan öffnete die Beifahrertür und machte eine einladende Handbewegung.

Sie kletterte in den Wagen und nahm den dicken Kater auf den Schoß.

Wenigstens hatte er nicht gelogen, als er sagte, dass sein Wagen beheizt sei, dachte Pia und verfolgte im Rückspiegel, wie er zurück zu Siennas Nissan ging. Ihr fiel ein, dass er ihr seinen Namen nicht genannt hatte. Seltsam. Aber an diesem Mann war offensichtlich überhaupt nichts normal. Erst brüllte er sie an, dann bot er seine Hilfe an und außerdem schien er ihre Katze von irgendwoher zu kennen.

›Ihre Katze.‹ Sie hob die Hand und strich sanft über den breiten Kopf. Prompt drückte das Tier von unten dagegen. Gefiel ihm, was sie tat? Offensichtlich, denn nun erklang ein sonores Schnurren.

»Du bist also eine British Blue«, sagte sie. »Eine echte Rassekatze.«

Und sie gehörte einem Mann mit einem knarzigen schottischen Namen. Aber wer bei diesem Wetter sein Haustier Kilometer entfernt von jeder Ansiedlung herumirren ließ, verdiente die Zuneigung dieser hübschen Katze nicht.

Pia nahm sich vor, sobald wie möglich ins Internet zu gehen, um zu googeln, was so eine British Blue für Bedürfnisse hatte. Denn so viel stand für sie fest: Sofern keine stichhaltigen Gründe dafür vorlagen, warum Hämisch McSoundso nicht besser auf sein Haustier geachtet hatte, würde sie die Katze nicht wieder rausrücken. Es grenzte doch schon an ein Wunder, dass sie sie überhaupt gefunden hatte. Der nächste Autofahrer hätte vermutlich nicht seinen Hals riskiert, um ihr auszuweichen.

Die Tür an der Fahrerseite wurde geöffnet und mit einem Schwall kalter Luft stieg ihr »Retter« ein.

»Die Reifen drehen durch. Ich muss den Wagen später abschleppen«, erklärte er und startete den SUV. »Aber erst mal fahre ich Sie nach Hause.«

»Okay«, murmelte Pia. »Danke.«

»Nichts zu danken.« Den Blick stur geradeaus gerichtet lenkte er den Wagen auf die Fahrbahn. »Über Nacht kann der Blaue in meiner Praxis bleiben. Ich will ihn erst noch untersuchen.«

»Über Nacht? Untersuchen? Ihn?«, echote Pia. Was war ihr gerade entgangen?

»Gut möglich, dass das Tierheim zu Feiertagen keine Neuzugänge aufnimmt«, führte er seinen Gedankengang zu Ende, ohne auf ihre Fragen einzugehen.

»Moment.« Pia richtete sich auf und drückte den Kater beschützerisch an sich. »Wovon reden Sie? Die Katze kommt nicht ins Tierheim!«

Er warf ihr einen Blick zu und furchte die Stirn.

»Sind Sie denn überhaupt ausgestattet, um ein Tier zu versorgen?«

»Nein, bin ich nicht«, pampte sie. »Aber hätte ich gewusst, dass mir heute eine Katze zuläuft, hätte ich natürlich alles besorgt ... was man so braucht«, schloss sie lahm. In Wahrheit hatte sie keine Ahnung, was eine Katze benötigte.

»Soso, was man so braucht.«

War das etwa ein Grinsen? Dieser Mann sollte öfter lächeln, dachte sie. Es stand ihm gut. Doch so schnell wie das Lächeln gekommen war, war es wieder verschwunden und hatte einem abweisenden Ausdruck Platz gemacht.

»Schlimmer als draußen in der Kälte und in der Wildnis wird es ihm bei mir auch nicht ergehen«, sagte sie kämpferisch. »Und morgen fahre ich nach Fort William und kaufe ein.«

»Schon gut, Sie haben mich überzeugt.« Wieder dieses Grinsen. Hatte der Mann etwa Grübchen? So etwas gehörte verboten. »Aber ich werde ihn mir trotzdem kurz ansehen.«

»Warum?« Wovon redete der Mann? Moment. Er hatte eine Praxis erwähnt. »Sind Sie etwa Arzt?«

»Tierarzt. Sagte ich das nicht?«

»Wann, bevor Sie mich angeschrien haben oder danach?«, rutschte es ihr raus.

»Autsch.« Er verzog das Gesicht. »Aber das habe ich wohl verdient. Ja, ich bin Tierarzt. Ich war gestern bei einer schwierigen Pferdegeburt dabei, deshalb konnte ich Sie auch nicht am Flughafen abholen.«

»Sie konnten was nicht?« Sie hörte, wie ihre Stimme etwas leicht Schrilles bekam.

»Sie gestern abholen«, wiederholte er und warf ihr

einen schrägen Blick zu. »Sie sind doch Pia von Haydhausen?«

Sie nickte wie betäubt.

Erst nach und nach sackte die Erkenntnis, dass sie offensichtlich mit dem mysteriösen Aidan MacLeod im Wagen saß. Dem Aidan MacLeod, der sie versetzt hatte – gut, er hatte einen triftigen Grund gehabt – und dem Aidan MacLeod, der seelenruhig ins Haus spaziert war, während sie im Gästezimmer geschlafen hatte.

»Sie sind das also!«

Immerhin besaß er den Anstand, hinlänglich zerknirscht auszusehen. Und da sie ohne seine Hilfe am frühen Morgen zu den Rindern hätte fahren müssen, anstatt gemütlich Tee zu trinken, sagte sie nur: »Ich hab mir am Flughafen ein Taxi genommen. Ich hoffe, mit dem Pferd ist alles in Ordnung.«

»Beiden geht es prächtig. Ich komme eben von dort.«

Ohne dass sie es bemerkt hatte, waren sie beim Haus der Frasers angekommen und er bremste und stellte den Motor ab. Als sie aussteigen wollte, sagte er:

»Warten Sie, ich helfe Ihnen, und dann würde ich immer noch gerne einen Blick auf den Kater werfen.«

Kurze Zeit später stand der rundliche Kater auf dem leer geräumten Küchentisch und wurde von dem Tierarzt abgetastet. Mit ungnädiger Miene ließ er die Prozedur über sich ergehen.

»Er ist erstaunlich gut in Form, dafür dass er so lange sich selbst überlassen war.«

»Heißt das, er kann hier bei mir bleiben?« Pia versuchte, sich nicht zu früh zu freuen. Sie hatte den Burschen von dem Moment an in ihr Herz geschlossen, als er Köpfchen gegeben hatte.

»Ich wüsste nichts, was dagegen spricht.«

»Aber Sie meinten doch vorhin, dass er jemandem gehören würde«, sagte sie perplex.

»Dem alten McClintock, ja.« Er nickte. »Er konnte sich nicht mehr selbst versorgen und seine Tochter hat einen Platz für ihn in einem Heim in ihrer Nähe gefunden.«

»Und Tiere sind dort nicht erlaubt.«

Wieder nickte er. »Außerdem ist er Freigänger und schon etwas älter. Er hätte sich nicht mehr umstellen können.«

Pia schluckte. Freigänger, das bedeutete wohl, dass er keine Stubenkatze war. Ob sich das mit ihrer kleinen Wohnung in der Schanze vertragen würde?

»Alles okay?«

Sie ließ ein bejahendes »Hmm« hören. Wenn sie jetzt Zweifel äußern würde, dann änderte er vermutlich seine Meinung und überließ ihr die Katze nicht.

»Ich habe nur überlegt, woher ich jetzt noch Katzenfutter und das andere Zubehör bekommen soll«, flunkerte sie. »Die Geschäfte haben doch bestimmt geschlossen.«

»Ich denke, der Blaue wird sich melden, wenn er sein Geschäft machen muss. Öffnen Sie einfach die Tür.«

»Und wenn er wieder wegläuft?«

»Hm …«, er runzelte nachdenklich die Stirn und zog dann sein Handy aus der Tasche. Nachdem er durch sein Nummernverzeichnis gescrollt war, machte er einen Anruf.

Pia, die nicht neugierig zuhören wollte, hob den Kater vom Tisch und setzte ihn auf den Boden. Sie überlegte kurz, ging zum Kühlschrank und nahm das Paket mit geschnittener Truthahnbrust heraus, die sie eigentlich heute Abend hatte essen wollen. Solange sie kein Dosenfutter besorgt hatte, musste sie eben improvisieren und da der Kater schon länger auf sich gestellt gewesen war, würde er vermutlich nicht wählerisch sein.

»Danke, Marjory, ich komme gleich vorbei und hole die Sachen ab.« Aidan beendete das Gespräch und sah sich nach Pia um.

Sie hockte vor dem Kater auf dem Boden und beobachtete mit verklärtem Blick, wie dieser einige Stücke Fleisch vertilgte. Geflügel offensichtlich. Der alte Kater schien genau den richtigen Moment abgepasst zu haben, um die Straße zu überqueren. Er würde es gut haben bei der jungen Deutschen.

»Ich fahre kurz bei einer Bekannten vorbei. Sie kann Ihnen erst mal einige Sachen leihen, bis Sie nach Fort William fahren können, um einzukaufen.«

»Das ist sehr nett von Ihnen, Mr … oder heißt es Doctor?«

»Aidan«, fiel er ihr ins Wort. »Einfach nur Aidan.«

»Freut mich, einfach nur Aidan«, sagte sie mit einem verschmitzten Lächeln. »Ich bin einfach nur Pia.«

Aidan schluckte. Nach einigen fast endlos scheinenden Sekunden merkte er, dass er sie anstarrte. Dieses Lächeln, es hatte ihm den Boden unter den Füßen weggezogen.

»Bis gleich dann«, murmelte er und stürzte zur Haustür.

Diesmal verschlief Pia nicht. Wie sollte sie auch, wenn ein dicker Kater auf ihrer Hüfte saß und schnurrte. Sie streckte die Hand aus und krabbelte ihn hinter den Ohren. Das Schnurren wurde noch lauter.

»Wir müssen dir unbedingt einen Namen geben. Wer heißt denn schon der Blaue?«

Der Kater schien der gleichen Meinung zu sein, denn er trat jetzt rhythmisch mit den Vorderpfoten in das weiche Fleisch ihrer Pobacke. Tapfer hielt sie die Gunstbezeugung aus. Innerhalb weniger Stunden hatte er sich nicht nur in ihr Herz geschlichen, sondern komplett Besitz von ihr ergriffen.

»Hm, wie wäre es mit Plumpsack?«, überlegte sie laut. Der Kater drehte den Kopf weg. »Dann vielleicht Yoda?« Der Kater maß sie mit einem langen, blinzelfreien Blick aus seinen orangegoldenen Augen. »Ha! Du bist ein Mister Darcy, du arroganter Bursche.« Der frisch getaufte Kater erhob sich, sprang vom Bett und marschierte mit hocherhobenem Schwanz aus dem Zimmer. Kurz darauf hörte sie, wie er in seiner Kiste scharrte. Als Nächstes würde er vermutlich sein Frühstück verlangen. Sie musste aufpassen, dass sie sich nicht von ihrem neuen Mitbewohner tyrannisieren ließ.

Genau das Gleiche hatte Aidan auch zu ihr gesagt, als er noch einmal zurückgekommen und ihr einige Dosen Katzenfutter, ein Katzenklo und einen Beutel Streu vorbeigebracht hatte.

Aidan MacLeod. Der Mann war ein Mysterium. Sie hatte mehrmals Anlauf genommen, um ihn zu fragen, warum er so aufgebracht gewesen war, als sie ihn auf der Landstraße herangewunken hatte. Doch ihr Instinkt hielt sie in letzter Sekunde davon ab. Sie hatte das Gefühl, dass es etwas sehr Persönliches war und dass es ihr nicht zustand, ihn um eine Erklärung zu bitten.

Was sie allerdings nicht leugnen konnte, war, dass sie diesen Tierarzt trotz allem sehr anziehend fand und dass seine Grübchen eine verheerende Wirkung auf sie hatten. Und wenn sie seine Blicke, während sie Mr Darcy mit Putenbrustfilet gefüttert hatte, richtig deutete, schien auch er nicht uninteressiert zu sein. Wobei sein schon fast fluchtartiger Aufbruch ein weiteres Rätsel für sie war. Aber auch das würde sie nicht lösen können – zumindest nicht, solange sie sich nicht erneut über den Weg liefen. Was allerdings eher wahrscheinlich als ausgeschlossen war, schließlich war Glencoe recht überschaubar.

Pia furchte die Stirn. Wohnte er überhaupt im Village?

So wie sie es verstanden hatte, waren seine Praxisräume in Fort William. Egal, genug gegrübelt. Die Rindviecher warteten auf ihr Frühstück.

Mit leichtem Widerstreben schwang sie die nackten Beine unter der Bettdecke heraus und schlüpfte in ihre warmen Jogging-Sachen. Nach einer schnellen Katzenwäsche ging sie in die Küche, wo, wie erwartet, bereits der Kater auf der Bank thronte. Sein vorwurfsvoller Blick sprach Bände und sie beeilte sich, seinen Napf zu füllen.

Draußen war es noch dunkel. Aber Pia hatte sich am Vortag die Strecke bei Tageslicht angesehen – sie musste kurz vor dem Glencoe & Dalness Besucherzentrum abbiegen – und war sich sicher, dass sie die Weide finden würde. Bis sie alles so weit vorbereitet hatte, würde es sowieso bereits dämmern. Sie überlegte kurz, ob sie sich noch einen Tee machen sollte, beschloss dann aber, erst die Tiere zu versorgen, und trank nur einen Orangensaft und nahm sich einige Brownies aus der Keksdose, die auf der Anrichte stand.

Zwanzig Minuten später stand sie vor der Futterraufe und warf die letzte Gabel voll Heu hinein. Die zottigen, rotbraunen Highlandrinder mit den imposanten Hörnern hatten zuerst abwartend aus der Ferne zugesehen, doch dann war die Neugierde größer gewesen und sie waren der Reihe nach auf Pia zugetrottet, nur die Jungtiere waren auf Abstand geblieben. Sienna hatte sie aber darauf vorbereitet und daher wusste sie, dass dieses Verhalten völlig normal war.

Pia hatte wie erstarrt dagestanden und sich dann instinktiv nach einem Fluchtweg umgeschaut, bis ihr eingefallen war, was Sienna ihr über die Tiere und ihren gutmütigen Charakter erzählt hatte. Sie wusste, ihre Freundin würde sie nie leichtfertig einer Gefahrensituation aussetzen. Also hatte sie sich ein Herz gefasst und blieb ruhig stehen, um die Begrüßung über sich ergehen zu lassen.

›Kleiner als unsere schwarz-weißen Holsteiner‹, konstatierte sie, ›und die, die mich als Erste begrüßt hat, muss die Leitkuh sein.‹

Große, wache Augen sahen sie abwartend an.

Vorsichtig hatte sie die Hand ausgestreckt und mit den Fingerspitzen über die breite Stirn gestrichen. Nach einer Weile hatte sich das Tier abgewandt und sich ein Büschel Heu aus der Raufe gezogen. Die anderen Rinder taten es ihr nach und der fremde Mensch schien vergessen zu sein.

Gut. Diese Hürde war also genommen. Jetzt musste sie noch die Wasserzufuhr kontrollieren. Zum Glück hatte sie vor Betreten der Weide Gummistiefel angezogen, denn stellenweise war es ganz schön matschig. Vorsichtig auf ihren Tritt achtend stapfte sie zu dem Bachlauf. Es musste noch um die null Grad sein, denn ihr Atem kondensierte in der klaren Morgenluft. Sie blieb stehen, um den Anblick in sich aufnehmen.

Die mit Raureif überpuderten Gräser und Sträucher, die urwüchsigen Hochlandrinder und dahinter die schneebedeckten Berge. Weit und breit war keine Menschenseele zu sehen. Aber seltsamerweise fühlte sie sich nicht einsam. Auch der Gedanke, dass sie noch eine Woche für die Versorgung der Tiere zuständig war und bei Wind und Wetter raus müsste, störte sie seltsamerweise nicht. Sie hörte förmlich Siennas triumphierende Stimme, die ›Ich hab's doch gewusst‹ sagte.

Ein stetiges Geräusch drang in ihr Bewusstsein. Das Sprudeln von Wasser, das über einen steinigen Untergrund lief. Sie folgte dem Geräusch und erreichte kurz darauf den Bach, der beide Herden mit Wasser versorgte. Alles war, wie es sein sollte. Und somit hatte sie für diesen Tag ihre Pflichten erfüllt.

❄

»Irgendwas ist anders.« Catriona musterte Aidan mit schräg geneigtem Kopf. »Hm … ah, ich hab's. Du hast deinen Sonntagspullover an.«

»Ich hab was?« Er sah seine Schwägerin entgeistert an.

»Das ist dein Sonntagspullover«, wiederholte sie und grinste breit. »Du hast jemanden kennengelernt, stimmt's?«

»Ich, ich … hab dir das Ergänzungsfutter für die Stute mitgebracht«, sagte Aidan schnell. War er wirklich so leicht zu durchschauen? »Ich nehme an, du hast ihr das Leinöl gegeben. Hat sich denn der Milchfluss verbessert?«

»Wie heißt sie?«

Verdammt, sie ließ nicht locker. Aber wie sollte er über

etwas reden, das ihn wie aus heiterem Himmel getroffen hatte? Pia war die erste Frau, die er seit Moiras Tod als sexuelles Wesen wahrnahm, und ihr Anblick, ihre sanfte Stimme hatte etwas in ihm geweckt, das er völlig verdrängt hatte: den Wunsch nach körperlicher Nähe. Er konnte sogar genau den Moment benennen, als ihn diese Erkenntnis förmlich umgehauen hatte – in der Küche der Frasers, als sie ihn mit diesem strahlenden Lächeln angesehen hatte.

»Hey, schon gut.« Catriona rieb seinen Oberarm. »Wenn du nicht darüber reden willst … wer auch immer sie ist, es wurde Zeit.«

Aidan starrte sie an. Er hatte sich eigentlich nie Gedanken darüber gemacht, was Moiras Tod für sie, als die kleine Schwester, bedeutet hatte. Er war so auf sich und den Verlust, der er erlitten hatte, fixiert gewesen, dass er blind für seine Umwelt gewesen war.

»Bist du darüber hinweg?«, fragte er stockend.

Sie zuckte die Schultern und meinte dann: »Manchmal vermisse ich sie. Manchmal denke ich an die Zeit, als wir noch Kinder waren.« Sie seufzte. »Wir waren uns nicht sehr ähnlich, wie du weißt. Manchmal wünschte ich, es wäre anders gewesen. Aber wir hatten schon immer völlig unterschiedliche Ziele im Leben.« Sie warf ihm einen schnellen Blick zu. »Moira war glücklich mit dir, Aidan. Du kannst eine Frau glücklich machen. Daran musst du immer denken.«

# 5

Entspannt bummelte Pia über die Haupteinkaufsstraße von Fort William. Sie hatte sich bei *Tesco* frisches Obst gekauft und anschließend im *Deli Kraft* Kaffee getrunken und ein Stück Karottenkuchen gegessen. Auch wenn es in Schottland keine natürlich gewachsene Weihnachtstradition gab – erst vor rund sechzig Jahren war der 25. Dezember zum Feiertag erklärt worden – und der 31. Dezember immer noch der Tag zum Feiern und Geschenkegeben war, herrschte ein ziemlicher Trubel in den Geschäften.

Die High Street war festlich geschmückt, genauso wie die Schaufenster der Geschäfte. Lichterketten und bunte Girlanden zogen sich von einer Straßenseite zur anderen über die Fußgängerzone.

Es hatte wieder angefangen zu schneien und plötzlich wusste Pia, dass sie doch einen Baum brauchte. Ohne geschmückten Weihnachtsbaum würde ihr etwas fehlen. Da war es völlig egal, dass sie morgen allein vor den brennenden Kerzen sitzen würde – wobei, allein war sie ja nicht. Mr Darcy würde ihr sicher gerne Gesellschaft leisten. Für ihn musste sie dann natürlich auch ein Geschenk kaufen. Vielleicht ein kuscheliges Schlafkörbchen … ja, das würde ihm gefallen.

Für ein Weihnachtsessen würde sie nichts einkaufen müssen. Der Tiefkühlschrank und die Speisekammer der Frasers enthielten alles Notwendige. Sie dufte nur nicht vergessen, die eingefrorene Gänsebrust rechtzeitig zum Auftauen in den Kühlschrank zu legen. Sie machte sich einen geistigen Vermerk, sich gleich nach ihrer Rückkehr darum zu kümmern. Fehlte also nur noch ein Bäumchen … und natürlich die Dinge, die Mr Darcy benötigen würde. Wie sie im Internet herausgefunden hatte, gab es etwas außerhalb von Fort William ein Geschäft für Haustierbedarf, da würde sie sich ausgiebig beraten lassen.

❄

Es liegt auf meinem Heimweg, sagte sich Aidan, was ist schon dabei?

Nur dass das Haus der Frasers mitnichten auf seinem Heimweg lag. Ganz im Gegenteil, die Upper Carnoch war eine Sackgasse und er wohnte genau in der entgegengesetzten Richtung. Außerdem hatte er noch nie seinen besten Pullover angezogen, wenn er Hausbesuche machte.

Catriona hatte ihn sofort durchschaut. Seine Versuche, vor sich selbst zu rechtfertigen, warum er in diesem Augenblick vor der Haustür seiner besten Freunde stand, obwohl diese auf den Seychellen waren, scheiterten bereits im Ansatz.

Er hob gerade die Hand, um den Türklopfer zu betätigen, als die Tür aufflog. Pia prallte ihm förmlich vor die Brust. Überrascht trat er einen Schritt zurück und es hätte nicht viel gefehlt und sie wären beide ins Straucheln geraten. Für einen kurzen, köstlichen Moment spürte er, wie sich ihr Körper an ihn presste, doch dann wich sie zurück und murmelte eine Entschuldigung. Unschlüssig stand sie in der Türöffnung, so als wüsste sie nicht, was sie als Nächstes tun sollte.

Aidan konnte sehen, dass sie völlig aufgelöst war. Ihre Augen waren gerötet, so als hätte sie kürzlich geweint.

»Ist etwas vorgefallen?«, fragte er unnötigerweise.

»Mr Darcy«, stieß sie mit einem tiefen Seufzer hervor. »Ich suche ihn seit über einer Stunde und ich weiß nicht, wo ich noch suchen soll.«

»Mr Darcy?«

»Der Kater. Ich habe ihm einen richtigen Namen gegeben und jetzt ist er verschwunden.«

Das klang fast so, als hätte das eine zum anderen geführt. Aidan unterdrückte ein Grinsen. Er ahnte, wenn er jetzt eine witzige Bemerkung fallen ließ, würde ihm das sehr übel genommen werden. Außerdem machte sich Pia unübersehbar große Sorgen um das Tier.

»Wann ist er denn verschwunden?«

»Ich weiß es nicht. Er muss irgendwann nach dem Frühstück zur Haustür raus sein …« Sie machte eine hilflose Geste und wies auf den Windfang.

Dort lagen einige Taschen auf dem Boden sowie ein geschmückter Weihnachtsbaum in einem grünen Topf, um den eine große, glänzende Schleife prangte. »Vielleicht ist er auch rausgelaufen, als ich meine Einkäufe reingetragen habe.«

»Er könnte sich auch irgendwo im Haus versteckt haben«, schlug Aidan vor.

Pia schüttelte den Kopf. »Die Zimmertüren sind alle geschlossen und in der Küche ist er nicht. Er muss draußen sein.« Sie seufzte erneut und sagte betrübt: »Es hat ihm wohl doch nicht bei mir gefallen.«

»Das kann ich mir nicht vorstellen. Der Blau … Mr Darcy weiß gutes Putenbrustfilet bestimmt zu schätzen«, schmunzelte er. Er steckte die Hand aus. »Kommen Sie, ich habe so eine Idee, wo der Bursche stecken könnte.«

»Halte ich Sie denn nicht von etwas Wichtigem ab?«

Aidan schüttelte den Kopf und hielt ihr auffordernd die Beifahrertür seines Wagens auf.

Hoffentlich fragt sie jetzt nicht, was ich vor der Haustür zu suchen hatte, dachte er. Das könnte peinlich werden, denn er hatte keine Ahnung, was er darauf antworten sollte. Doch zum Glück fragte sie nur, wo sie hinfahren würden.

»Zum Haus des alten McClintock. Mr Darcy ist Freigänger. Ich denke, er ist zu seinem alten Zuhause gelaufen.« Er warf ihr einen Blick zu. »Ich finde übrigens, der Name passt sehr gut.«

»Danke«, sagte sie mit einem kleinen Lächeln.

»Machen Sie sich keine Sorgen, Pia. Wir finden ihn.«

Er startete seinen Wagen und fuhr den Hügel hinunter in die Gleann Comhann. Vor dem dritten Haus auf der rechten Seite hielt er an.

Pia sprang förmlich aus dem SUV und stürzte zur Pforte. Plötzlich blieb sie stehen und sah sich fragend zu ihm um. »Wohnt hier niemand?«

Er schüttelte den Kopf. »Das Haus steht zum Verkauf.« Er schloss zu ihr auf. »Gehen wir hinten rum. Der Blau … Mr Darcy hatte da sein Sonnenplätzchen.«

Und da war er. Er lag auf dem kleinen Mäuerchen, das die Terrasse umschloss, und ließ sich die letzten Strahlen der Nachmittagssonne auf den Pelz scheinen.

»Kann ich einfach so hingehen und ihn nehmen oder läuft er weg?«, flüsterte Pia und umklammerte seinen Unterarm.

Es war offensichtlich, dass sie nicht viel Erfahrung mit Katzen hatte, und da der British Blue flinker war, als sein behäbiges Äußeres vermuten ließ, sagte er:

»Ich hole ihn eben.«

Mit langen Schritten eilte er zu dem Mäuerchen und hob den verdutzten Kater mit sicherem Griff von seinem Sonnenplatz. Sein protestierendes Mauzen ignorierend trug er ihn zu seinem Wagen.

Wie bereits am Vortag öffnete er die Beifahrertür und Pia rutschte auf den Sitz. Aidan hatte sich noch nie so heldenhaft gefühlt, wie in dem Augenblick, als er ihr den rundlichen Kater in die Arme legte und sie ihn strahlend anlächelte, bevor sie ihr Gesicht in dem dichten Fell des Tieres vergrub.

Aidan hatte sie zur Tür begleitet, und nachdem sie ihren Ausreißer ins Haus gebracht hatte, wollte er sich zum Gehen wenden.

»Bitte warten Sie, ich …« Pia wusste nicht, was sie sagen sollte. Ein einfaches Danke kam ihr viel zu wenig vor. Und so sagte sie gleich dreimal Danke, während sie die Arme um seinen Hals schlang.

Er zuckte merklich zusammen und sie spürte, wie ihr Gesicht vor Verlegenheit heiß wurde. Erschrocken wollte sie einen Schritt zurück machen, doch in ihrem Rücken war die geschlossene Tür. Was war nur über sie gekommen? Ihr Verhalten ließ sich durch nichts entschuldigen. Ihr waren seine interessierten Blicke am Vortag nicht entgangen. Aber das alles war kein Grund, sich ihm buchstäblich an den Hals zu werfen, einem fast Fremden, einem unglaublich attraktiven Fremden, der Grübchen hatte, wenn er lächelte, was er viel zu selten tat.

Ein Händedruck und ein Dankeschön, ja. Aber keine, nach ihrem Empfinden, leidenschaftliche Umarmung.

»Ich … bitte entschuldigen Sie. Das war völlig unangemessen«, stotterte sie. »Ich bin sonst nicht so impulsiv.«

»Nicht? Wie schade«, sagte Aidan grinsend.

Pia riss überrascht die Augen auf. Er war nicht sauer?

»Du siehst süß aus, wenn du rot wirst, weißt du das?«, murmelte er in ihr Haar.

Als Nächstes spürte sie seine Lippen auf ihrem Mund. Nur kurz, aber dieser Augenblick reichte völlig, um sie aus dem Gleichgewicht zu bringen und er musste es natürlich bemerken.

»Jetzt haben wir Gleichstand«, sagte Aidan und strich ihr eine Haarsträhne aus dem Gesicht. »Ich bin sonst auch nicht so impulsiv, musst du wissen.«

Pia lachte nervös. »Und jetzt?«

»Ja, und jetzt. Das ist die Frage, nicht wahr?«

Wie aufs Stichwort war aus Richtung der Küche ein lautes Poltern zu hören. Pia wusste sofort, dies konnte nur eines bedeuten.

»Mr Darcy! Er hat die Weihnachtsgans gefunden.«

Sie wirbelte herum und rannte ins Haus. Erleichtert, dass sie dieser verwirrenden Situation entkommen konnte und gleichzeitig enttäuscht.

Aidan blieb einen Moment abwartend stehen und folgte ihr dann, besser gesagt, er folgte ihrer Stimme. Auch wenn er die Worte nicht verstand, hielt sie dem Kater offensichtlich eine Standpauke auf Deutsch. Ihr Tonfall ließ keinen Zweifel, und die Gänsebrust, die sie soeben vom

Küchenboden aufklaubte, zeigte anschaulich, welch dreistes Verbrechen der British Blue begangen hatte.

Mr Darcy hingegen schien keinerlei Reue zu verspüren. Er setzte sich und sah Pia unerschrocken an. Es war offensichtlich, dass er sich keiner Schuld bewusst war.

Etwas unschlüssig stand sie mitten in der Küche. So als wüsste sie nicht, was sie mit dem riesigen Fleischstück anfangen sollte.

»Da hast du dir aber was vorgenommen«, sagte er wenig taktvoll beim Anblick der großen Portion und wurde prompt mit einem indignierten Blick bedacht.

»Als Tierarzt solltest du aber schon wissen, dass Gänse eine bestimmte Größe haben.«

»Stimmt«, grinste er und freute sich, dass sie nicht an dem förmlichen Sie festhielt.

Nach kurzem Überlegen trug sie den Braten zur Spüle, wusch ihn ab und legte ihn auf die Servierplatte, die auf dem Tisch stand, um ihn mit Küchentüchern abzutupfen.

Mit einem Schulterzucken meinte sie: »Zum Glück sind wir nur zu zweit beim Weihnachtsessen und …«

»Du erwartest jemanden?«, platzte er neugierig und ziemlich taktlos heraus. Und zu seiner Überraschung stellte er fest, dass ihn der Gedanke störte, dass sie den Weihnachtsabend mit jemandem – womöglich einem anderen Mann – verbringen wollte.

»Nur Mr Darcy. Es sei denn …« Sie holte tief Luft und sagte schnell: »Es sei denn, du hast morgen noch nichts vor.«

Da. Jetzt hatte sie es schon wieder getan. Dabei wusste sie doch eigentlich überhaupt nichts über diesen Mann – nur dass er Tierarzt war und Mr Darcy für sie gefunden hatte. ›Und er trägt keinen Ehering und er hat mich geküsst.‹

Pia wollte erneut zu einer wortreichen Entschuldigung ansetzen, als er sagte:

»Sehr gerne.«

»Wirklich?« Sie sah ihn verblüfft an.

»Ja. Ich habe allerdings über die Feiertage Notdienst. Es kann also passieren, dass ich plötzlich zu einem Patienten muss.«

»Dafür gibt es die Warmhaltefunktion«, sagte sie lässig. Wobei sie in Wirklichkeit ein reines Nervenbündel war, bei dem Gedanken, was alles schiefgehen konnte. Angefangen von einem misslungenen Essen inklusive angebranntem Weihnachtsbraten bis hin zu weiteren unangebrachten emotionalen Ausbrüchen ihrerseits. »Ich wollte am späten Nachmittag die Gänsebrust in den Ofen schieben und während sie gart, noch zu den Tieren fahren«, überlegte sie laut. »Wenn du also gegen neunzehn Uhr kommen würdest … also sieben Uhr«, korrigierte sie sich.

»Du musst nicht zweimal am Tag zu den Tieren fahren. Wenn die Futterraufen gefüllt sind, musst du nicht einmal täglich nach ihnen sehen.«

»Ich möchte es aber. Es ist doch Weihnachten.«

»Und …?«

»Was ist denn das für eine Frage? Sie sollen natürlich auch etwas Leckeres bekommen.«

»Natürlich.« Er schien noch etwas sagen zu wollen. Machte er sich etwa Sorgen, dass sie als Städterin den Tieren schaden könnte?

»Ich habe Äpfel und Karotten gekauft. Die dürfen sie doch?«

»Ja, die dürfen sie.« Wieder hatte sie das Gefühl, als ob er etwas zurückhielt. Schließlich sagte er: »Ich wollte sowieso demnächst nach der Herde sehen, hättest du etwas dagegen, wenn ich dich begleite?«

»Überhaupt nicht«, lächelte Pia. »Wenn du die Kiste mit den Leckerlis trägst.«

»Abgemacht.« Er wandte sich zum Gehen. In der Küchentür blieb er kurz stehen. »Dann bis morgen, so gegen fünf Uhr?«

»Perfekt«, sagte sie.

❄

›Eins nach dem anderen und atmen nicht vergessen‹, ermahnte sie sich und sah sich prüfend in der Küche um. ›Schlachtfeld‹ traf es vermutlich besser. Aber ganz allmählich sah sie Land.

Die Gans war im Ofen, die Temperatur war auch richtig eingestellt. Die Packung mit vorgekochtem Apfelrotkohl, die sie aus Hamburg mitgebracht hatte, lag bereit.

Ebenso die Esskastanien und das Backobst, das sie später zu der Gans in die Bratform geben wollte. Das Wohnzimmer hatte sie bereits am frühen Nachmittag geschmückt und der kleine Baum hatte einen Ehrenplatz bekommen. Mr Darcy war versorgt und schlief zusammengerollt in dem alten Ohrensessel, der sonst Siennas liebster Leseplatz war und das Kleid, das sie später anziehen wollte, lag auf dem Bett. Jetzt nur noch schnell den Tisch decken und für den Ausflug zu den Rindern in robuste Kleidung schlüpfen.

Kaum war sie fertig, hörte sie, wie ein Wagen vor dem Haus abbremste. Aidan. Er war pünktlich. Schnell warf sie einen letzten Blick in den Spiegel im Gästebad und strich sich über die Haare. Wenn sie nur nicht so aufgeregt wäre und wenn man ihr diese Aufregung nur nicht so ansehen würde. Ihr Gesicht war leicht gerötet und ihre Augen strahlten.

Das kommt von der Hitze in der Küche‹, dachte sie, während sie nach vorne zur Haustür ging. ›Das ist völlig normal und hat überhaupt nichts mit diesen verflixten Grübchen zu tun und auch nicht mit seinen grauen Augen und diesem sexy schottischen Akzent.‹

»Hallo, Aidan«, sagte sie und ihre Stimme klang belegt. Sie schluckte und holte tief Luft. ›Mach dich nicht verrückt. Das ist kein Date. Der Mann will nur einen Blick auf die Rinder werfen. Er ist Tierarzt.‹ Sie öffnete schwungvoll die Haustür. »Hallo, Aidan.«

»Hallo, Pia.« Da waren sie wieder, die verdammten

Grübchen. »Können wir?«, sagte er und griff nach den beiden Baumwolltaschen, in die sie das Weihnachtsmenü für die Tiere gepackt hatte.

»Haben sie eigentlich Namen?«

Sie waren vor einer Viertelstunde bei der Weide eingetroffen und genau in dem Moment, in dem sie aus dem SUV ausstiegen, hatte es angefangen, ganz leicht zu schneien. Inzwischen war der Schnee immer dichter geworden. Pia pustete eine bestäubte Haarsträhne aus ihrem Sichtfeld.

»Ja, sicher.« Aidan schmunzelte. »Hat dir Sienna nichts davon gesagt?«

Sie schüttelte den Kopf. »Aber wie ich Sienna kenne, werden es vermutlich keine alltäglichen Namen sein.«

Sie griff in die fast leere Tasche und holte einen schrumpeligen Apfel heraus, den sie der Leitkuh reichte.

»Das könnte man so sagen.« Er streckte den Arm aus und wies auf eine Gruppe mit drei Jungkühen, Färsen genannt. »Das sind die Geschwister Brontë. Emily, Charlotte und Anne.«

Pia gluckste amüsiert. »Und die Chefin, welchen Namen hat sie?«

»Das ist Mary Shelley«, sagte er mit einem breiten Grinsen.

»Bitte schön, Miss Shelley. Das ist der letzte Apfel.« Sie griff erneut in die Tasche. »Lass ihn dir schmecken und fröhliche Weihnachten. Gibt es auch eine Jane Austen?«

»Natürlich. Dort drüben.« Er deutete zu dem Bachlauf. »Sie wird im März das erste Mal kalben.«

»Oh wie schön, Kälbchen«, sagte sie enthusiastisch. »Mir gefallen diese Tiere. Sie sehen so urzeitlich aus mit ihrem zottigen Fell und den großen Hörnern.«

»Ja, das stimmt. Sie gehören zum Erbe Schottlands.«

»Ich hätte viel früher kommen sollen«, sagte Pia versonnen. »Sienna hat mich schon so oft eingeladen, aber immer ist irgendetwas dazwischengekommen.«

»Du bist genau zum richtigen Zeitpunkt hier.«

»Wie meinst du das?« Sie drehte sich um und sah ihn verwundert an.

»Genau so. Es schneit und heute ist Weihnachtsabend und wenn du genau hinsiehst, erkennst du den Abendstern.« Er streckte den Arm aus. »Siehst du, da über dem Bergkamm.«

»Wunderschön«, murmelte sie. Wenn es nur nicht so kalt wäre. Ein frischer Wind war aufgekommen und sie trat von einem Bein aufs andere. Verflixt. Sie wollte die Stimmung nicht zerstören, aber sie wurde langsam, aber sicher zum Eiszapfen.

Plötzlich hörte sie das Ratschen eines Reißverschlusses und spürte, wie Aidan hinter sie trat. Im nächsten Augenblick schlang er die Arme um sie und hüllte sie in die Wärme seines geöffneten Parkas.

»Ich kann doch nicht zulassen, dass du frierst«,

raunte er.

Doch so sehr sie diesen Moment genoss, die Nähe dieses Mannes, den sie noch vor zwei Tagen nicht gekannt hatte, trat irgendwann ihr Sinn fürs Pragmatische hervor und sie sagte:

»Wir sollten gehen. Ich kann sonst nicht für die Weihnachtsgans garantieren.«

»Ich denke, in einer halben Stunde können wir essen«, sagte Pia und schloss die Ofenklappe.

»Es riecht jedenfalls schon sehr lecker.«

Aidan lehnte sich zurück und streckte die Beine aus. Er hatte die Küche der Frasers schon immer als besonders anheimelnd empfunden. Aber Pia zu beobachten, wie sie mit gerötetem Gesicht vor dem Ofen stand und sich bemühte, besonders souverän zu wirken, während sie versuchte, sich in der fremden Küche zurechtzufinden, brachte ihn auf die seltsamsten Gedanken.

Er erinnerte sich an das Gespräch vor einigen Wochen. Er hatte genau an der gleichen Stelle gegessen und war verärgert über Callum gewesen, weil der ihn offensichtlich hatte verkuppeln wollen. Beinahe wäre es zum Streit gekommen, wenn er nicht ins Freie gerannt wäre. Und jetzt? Jetzt fühlte sich alles so perfekt an wie schon sehr lange nicht mehr. Pia kannte seine Vergangenheit nicht und es war gut zu wissen, dass er sich mit jemandem unterhalten konnte, der nicht jede Äußerung darauf abklopfte, ob sie ihn vielleicht zu sehr aufwühlen würde.

»Hast du etwas von Sienna und Callum gehört, wie geht es ihnen?«

»Sienna hat mir vorhin eine Sprachnachricht über Facebook geschickt und mir schöne Weihnachten gewünscht.« Sie lächelte. »Ich denke, es geht ihnen sehr gut. Sie bat mich, dich daran zu erinnern, dass du zu Hogmanay eingeladen bist. Das ist an Silvester, oder?«

Sie griff nach dem Zuckertopf und streute einen Löffel Zucker über den Kohl. Nachdem sie ihn abgeschmeckt hatte, folgte ein Schuss Essig, wie er mit leichtem Schaudern feststellte. Als sie ihn abwartend ansah, wurde ihm bewusst, dass sie ihn etwas gefragt hatte.

»Ja. Hogmanay ist bei uns ein größeres Fest als Weihnachten. In Schottland war es jahrhundertelang verboten, Weihnachten zu feiern, musst du wissen. Der 25. Dezember war bis zum Ende der fünfziger Jahre ein ganz normaler Arbeitstag«, erläuterte er. »Deshalb gibt es auch kein typisch schottisches Weihnachten. Wir haben viele der Traditionen von anderen Ländern übernommen.«

»Auch deutsche?«, fragte sie interessiert.

»Allerdings. Als ich Kind war, sind meine Brüder und ich jedes Jahr mit unserer Nanny auf den deutschen Weihnachtsmarkt gegangen.«

»Wo war das denn?«

»In Edinburgh«, sagte er knapp. Er fühlte sich etwas unbehaglich. Sonst sprach er nie über seine Familie.

Andererseits wollte er sie auch nicht vor den Kopf stoßen. »Du bist aus Hamburg, sagte Callum. Lebt deine Familie auch dort?«

Sie nickte. »Eigentlich sollte ich jetzt dort sein und Weihnachten mit ihnen feiern.« Sie griff nach dem Kochlöffel und rührte energisch in dem Topf mit Rotkohl.

»Tut es dir leid, dass du jetzt hier bist?«

»Was?« Sie sah ihn fast schon erschrocken an und schüttelte dann vehement den Kopf. »Überhaupt nicht. Im Haus meines Vaters wäre jetzt ein großer Weihnachtsempfang und ich müsste die Gäste begrüßen – alles Geschäftspartner meines Vaters, und Daniel wäre auch da, zusammen mit …«, sie brach ab und biss sich auf die Lippen. Mit den Worten: »Wir können gleich essen. Ich zieh mir nur schnell etwas anderes an«, stürzte sie aus der Küche.

Aidan stand auf. Mr Darcy, der auf seinem Schoss gesessen hatte, maunzte protestierend und stolzierte mit hocherhobenem Schwanz aus der Küche. Aidan ging an den Herd, und nachdem er sich einen Überblick verschafft hatte, holte er den Braten aus dem Ofen, füllte die Inhalte der diversen Kochtöpfe in die bereitgestellten Servierschüsseln und trug alles ins Wohnzimmer.

Er wollte gerade die Lichter an dem kleinen Weihnachtsbaum anzünden, als Pia ins Zimmer kam. Sie hatte ein Kleid angezogen und irgendwas mit ihren Haaren gemacht und ihm fiel nichts Besseres ein, als sie anzustarren.

# 6

Unter den empörten Blicken von Mr Darcy räumte Pia die Reste des Bratens ab und stellte sie zu den anderen Überbleibseln in den Kühlschrank. Es war ein gelungenes Essen gewesen und sie wollte gerade den Nachtisch holen, als ein Anruf kam und Aidan zu einem Notfall musste.

Sie hatte noch eine Weile gewartet, ob er vielleicht zurückkommen würde, doch nach einer Dreiviertelstunde hatte er ihr eine SMS geschickt, dass er nicht absehen könne, wie lange sein Einsatz noch dauern würde. Daraufhin war sie in die Küche gegangen und hatte sich eine heiße Schokolade gemacht, und nun saß sie an ihrem neuen Lieblingsplatz und sah hinaus in die Dunkelheit.

In der Fensterscheibe spiegelten sich die hellen Lichter des kleinen Weihnachtsbäumchens und Pia bekam einen leichten Anflug von Heimweh. Noch nie hatte sie das Fest ohne ihre Familie verbracht. Doch nie war es so zwanglos gewesen wie an diesem Abend. Sie hatte das sehr genossen. Nicht auf jede Äußerung, jede Geste achten zu müssen, sondern einfach ganz entspannt das leckere Weihnachtsessen zu genießen.

Wobei, so ganz entspannt war sie eigentlich nicht gewesen. Im Gegenteil … bis Aidan ihre Nervosität bemerkt hatte und sie mit einigen lustigen Anekdoten aus dem Leben eines schottischen Landtierarztes ablenkte. Er hatte auch dafür gesorgt, dass die Gänsebrust auf der Servierplatte geblieben war und nicht auf den Küchenfliesen landete, indem er Mr Darcy sozusagen im Anflug auf den Braten abgefangen hatte.

Und dann waren da noch diese anderen Momente gewesen …

Geistesabwesend strich Pia über den dunkelgrünen Stoff ihres Kleides, das ihre schlanke Figur unterstrich und die Farbe ihrer Augen hervorhob. Sie hatte sich schön und begehrenswert gefunden. Etwas, das sie bereits viel zu lange nicht mehr gespürt hatte. Und Aidans unverhohlen bewundernde Blicke hatte ihr Übriges getan. Insgeheim hatte sie gehofft, dass der Abend einen anderen Ausklang nehmen würde und Aidan das fortsetzen würde, was sein Kuss versprochen hatte. Gleichzeitig hatte sie etwas Angst gehabt. Daniels Kritik hatte sie auf so manchen Ebenen verunsichert und obwohl sie innerlich mit ihm abgeschlossen hatte, gab es immer wieder Momente voller Selbstzweifel.

Doch bevor sie weiter darüber nachgrübelte, war die wichtigste Frage, die sie sich stellen musste: War sie überhaupt bereit, sich auf einen Mann wie Aidan einzulassen? Wenn ihre Menschenkenntnis sie nicht völlig in die Irre führte, war er kein Typ für einen One-Night-Stand. Und sie selbst hatte auch nie leichtfertig herumgevögelt. So war sie nicht erzogen worden, und nicht einmal ihr Wunsch, sich gegen die Konventionen aufzulehnen, hatte sie so einen Lebensstil wählen lassen. Wo sollte das also hinführen? Ihr Aufenthalt in Schottland war befristet, zu Hause in Hamburg standen einige wichtige Entscheidungen an – und ein puscheliger, liebenswerter, hochnäsiger Kater erwartete, dass sie ihm ein angemessenes Heim bot.

Aber würde sie überhaupt dazu imstande sein? Ihre Wohnung war nicht besonders groß, und selbst wenn sie den kleinen Balkon katzensicher machen würde, wäre es doch kein Ersatz für den Auslauf, den er gewohnt war. Doch sie wusste auch, dass sie es kaum übers Herz bringen würde, ihn zurückzulassen, schließlich hatte er sie ausgewählt und sich auf eine ziemlich dramatische Art in ihr Leben gedrängt.

Unweigerlich kehrten ihre Gedanken zu Aidan MacLeod zurück. Sein Auftritt auf der Landstraße, von der sie mit dem Wagen abgekommen war, war nicht weniger dramatisch gewesen als der von Mr Darcy. Sie ahnte, dass mehr dazu geführt hatte als ihr etwas leichtsinniges Verhalten.

Wie er auf der Weide um ihr Wohlergehen besorgt gewesen war, kaum dass er bemerkt hatte, dass sie dabei war, zum Eiszapfen zu werden.

Wann würde sie ihn wohl wiedersehen? Morgen war der Tag, an dem in Großbritannien Weihnachten begangen wurde. Würde er bei seiner Familie sein? Außer über seine Erlebnisse als Tierarzt hatte er recht wenig von sich verraten. Sie wusste, er hatte an der Glasgow School of Veterinary Medicine studiert und die Praxis in Fort William von seinem Vorgänger übernommen, nachdem dieser sich zur Ruhe gesetzt hatte. Nach einigen Anfangsschwierigkeiten hatte man den Außenseiter jedoch inzwischen akzeptiert.

»Außenseiter, weil du woanders aufgewachsen bist?«, hatte sie ihn gefragt und er erzählte ihr, dass er aus einer Arztfamilie stammte. Alles Absolventen der University of Edinburgh. Nur er hatte nicht auf diese weltberühmte Eliteuni gehen wollen, genauso wenig wie er Chirurg werden wollte oder in die Forschung gehen.

»Ich habe ein Jurastudium angefangen, weil mein Vater es von mir erwartet hat«, hatte Pia gesagt.

»Aber dann hast du beschlossen, das zu tun, was *du* tun willst«, sagte er ihr auf den Kopf zu. Und Pia hatte genickt.

Dass sie aber seit einigen Wochen genau diesen Entschluss hinterfragte, sagte sie nicht. Sie wusste nur, sie war in ihrem Leben an einem Punkt angelangt, wo sich mindestens so viele Chancen wie Sackgassen auftaten.

Einen Tag bevor sie aus Hamburg abgeflogen war, hatte sie das verlockende Angebot bekommen, für ein Jahr im Ausland zu arbeiten. Sie wollte die Antwort auf diese Offerte bis zu ihrer Rückkehr aufschieben, aber mit dem Auftauchen von Mr Darcy, der sich in ihr Herz geschnurrt hatte, war alles noch komplizierter geworden.

Die alte Wanduhr, die Sienna von ihrer Großmutter geerbt hatte, schlug elf Mal. Pia unterdrückte ein Gähnen. Sie sollte wirklich ins Bett gehen.

Sie stand auf, löschte die Kerzen an dem kleinen Weihnachtsbaum und ging aus dem Zimmer. In der Tür blieb sie stehen und warf noch einen Blick durch das Fenster auf die im Mondlicht glitzernde Schneelandschaft. Davor hob sich die rundliche Silhouette des Katers wie ein Scherenschnitt ab.

Ja, genauso sollte Weihnachten sein. Es fehlte nur eine entscheidende Kleinigkeit: jemand, mit dem man diesen Moment teilen konnte. Pia war etwas wehmütig zumute. War heute nicht die Nacht, in der das, was man träumte, in Erfüllung ging?

Plötzlich blieb ihr Blick an der Sessellehne hängen. Im Lichtschein der Flurlampe sah sie den Schal, den Aidan dort vergessen hatte. Nachdem er den Notruf erhalten hatte, war er noch kurz ins Wohnzimmer gekommen, um sich zu verabschieden. Da musste er ihn abgelegt haben.

Pia lächelte.

Egal, was sie heute Nacht träumen würde, morgen würde sie ihm als Erstes eine SMS schicken. Der Mann brauchte schließlich seinen Schal.

»Möchtest du noch einen Kaffee trinken?« Ein unausgesprochenes »bevor du wieder gehst« stand im Raum und Pia hätte sich am liebsten die Zunge abgebissen. Wie idiotisch war das denn? Da war Aidan gerade erst zur Tür hereingekommen und sie benahm sich, als wollte sie ihn gleich wieder loswerden. Doch er schien mit seinen Gedanken woanders zu sein und nickte nur zustimmend.

Er nahm einen Schluck und räusperte sich. »Ich wurde von Catriona dazu verpflichtet, dem Fohlen, das ich geholt habe, einen Namen zu geben.«

Catriona? Er hatte den Namen noch nie erwähnt.

»Meine Schwägerin«, sagte er. »Sie züchtet Highland-Ponys.«

Wie peinlich. Sie musste die Frage laut gedacht haben. Aber wieso Schwägerin? Unwillkürlich sah sie auf seine linke Hand. Kein Ehering. Bei seinem Beruf nicht ungewöhnlich … ›Hör auf damit. Aidan ist nicht Daniel‹, ermahnte sie sich. Wenn es etwas zu erklären gab, würde er dies zum passenden Zeitpunkt tun. Und wenn er nur auf ein schnelles Abenteuer aus war, hätte er es auch einfacher haben können. Andererseits, nicht einmal hier in den abgelegenen Highlands würde ein Mann wie Aidan Single sein.

» …und da habe ich mir überlegt …«

»Ob mir ein Name für ein Fohlen einfällt?«, bekam sie schnell noch die Kurve, bevor ihre Gedanken noch weiter abschweiften.

»Aye.«

Pia schluckte. Ahnte er auch nur im Entferntesten, was dieses »Aye« und diese Grübchen mit ihren Hormonen anstellten?

»Das würde ich sehr gerne«, sagte Pia und lobte sich, weil sie nicht atemlos klang. »Wie sieht es denn aus?«

»Warum machst du dir nicht selbst ein Bild? Ich bin am Nachmittag zur Tea Time auf *Fern Lintie* und ich würde mich freuen, wenn du mich begleitest.«

»Sehr gerne«, wiederholte sie. Und nachdem sich ihr Puls etwas beruhigt hatte, fragte sie: »Wann soll ich da sein?«

»Ich wollte dich um drei Uhr abholen. Passt das?«

»Ja, das passt mir gut.« Sie warf ihm einen schrägen Blick zu und meinte dann: »Heute ist doch Christmas Day, ich meine, ich möchte doch nicht unpassend angezogen sein.«

»Casual. Wir sind auf dem Land. Außerdem ist es doch nur der Nachmittagstee.« Er legte seine warme Hand auf ihre. »Keine Sorge, es ist wirklich eine ganz ungezwungene Angelegenheit.«

Er stand auf und schob seinen Stuhl zurück. »Bevor ich es vergesse, ich habe noch eine Kleinigkeit zu Weihnachten für dich«, er schmunzelte, »besser, gesagt für Mr Darcy.«

Oh Gott, auch das noch! Dieser Mann war einfach zu gut, um real zu sein. Und sie hatte natürlich überhaupt nicht daran gedacht, etwas für ihn besorgen.

Kurz darauf kam er mit einer Katzentransportbox zurück – und Mr Darcy, der sich auf der Fensterbank gesonnt hatte, ergriff mit einem Protestschrei die Flucht.

»Damit dein Kater sicher in seine neue Heimat reisen kann«, sagte er und stellte die Box ab.

»Aber, ich habe nichts für dich«, stotterte sie. Wie hatte sie nur so unhöflich sein können?

»Was war denn mit deinem leckeren Weihnachtsessen? Ohne deine Einladung hätte ich mich vermutlich gestern Abend in meine Fachliteratur vergraben und nebenbei ein Sandwich vertilgt.«

Unbewusst seufzte Pia erleichtert. So sprach kein verheirateter Mann.

»Wenn du es so siehst …«

»Ja, tu ich.« Er griff nach seiner Jacke und seinem Schal. »Bis später, Pia.«

❄

»Und, wie lange seid ihr zwei schon zusammen?« Catriona sah Pia neugierig an.

Aidan bemerkte, wie sich ihre Wangen vor Verlegenheit röteten und sagte schnell:

»Pia ist eine Freundin der Frasers und hütet ein, bis sie zum Hogmanay zurückkommen.«

»Ja und …?«

Es war nur allzu offensichtlich, dass sie nicht lockerlassen würde. Warum hatte er Pia nicht vorgewarnt? Er war an Catrionas forsche Art gewöhnt, aber die junge Deutsche wand sich buchstäblich unter den investigativen Fragen seiner neugierigen Schwägerin. Er gab ihr einen kleinen Knuff in die Seite und schüttelte den Kopf.

»Was?« Sie warf ihm einen gespielt empörten Blick zu. Schließlich erbarmte sie sich und sagte zu Pia: »Aidan hat mir gesagt, dass du ihm bei der Suche nach einem Namen für mein neues Fohlen helfen wirst. Dann kommt mal mit.«

Ohne sich umzusehen, strebte sie in Richtung Stall.

»Tut mir leid«, sagte Aidan mit gesenkter Stimme zu Pia. »Ich vergesse immer, wie Catriona auf Fremde wirkt.«

»Ich mag sie«, sagte Pia zu seiner Überraschung. Sie schien noch etwas hinzufügen zu wollen, schwieg dann aber.

Aidan wusste, es wurde höchste Zeit für ein klärendes Gespräch. Und bei dem Gedanken überrollte ihn regelrecht eine Panikwelle. Würde sie danach noch genauso ungezwungen sein? Oder würde sie sich so benehmen, wie es seit Moiras Tod die meisten in seiner Gegenwart taten? Dass sie ihn mitleidig ansehen und ihre Worte zukünftig dreimal überlegen würde, bevor sie sie aussprach, davor hatte er am meisten Angst.

Hoffentlich fand er die richtigen Worte.

Er holte tief Luft und folgte den beiden Frauen in den Stall.

Catriona hatte die Tür zur Box aufgeschoben und zählte gerade die Vorzüge der Highland-Ponys auf.

»Kannst du reiten, Pia?«, fragte sie gerade, als Aidan zu ihnen aufschloss.

»Ich bin früher geritten. Sienna und ich waren ziemlich pferdeverrückt.«

»Dann solltest du unbedingt mal vorbeikommen. Ich such dir auch ein ruhiges Tier aus. Glencoe vom Pferderücken aus, das musst du erlebt haben.« Ihr Gesichtsausdruck bekam etwas Verklärtes, als sie fortfuhr: »Im Winter, wenn die Hänge von Raureif überzogen sind und die ersten Sonnenstrahlen das Tal erreichen. Du hörst nur das Schnauben der Pferde. Weit und breit keine Menschenseele«, sie grinste, »und keine Touristen.«

»Das hört sich wundervoll an«, sagte Pia.

»Komm einfach morgens vorbei. Ich bin hier und versorge die Tiere.«

»Sehr gerne.«

»Und, was sagst du zu dem kleinen Burschen?«, wandte sich Aidan an Pia.

»Klein?« Catriona hob die Brauen. »Er wächst stündlich.«

»Und er braucht dringend einen Namen, ich weiß.«

»Er ist absolut hinreißend«, meinte Pia und sah das graubraune Hengstfohlen mit schwärmerischem Blick an. »Wie heißen denn seine Eltern? Muss der Name mit einem bestimmten Buchstaben anfangen?«

»Er stammt von Rory of Glen und aus Highland Lassie, und nein, diese Regel gibt es bei Highland-Ponys nicht.«

»Greystoke«, sagte Pia.

»Das gefällt mir«, antwortete Catriona nach kurzem Nachdenken. Dann drehte sie sich zu Aidan um und setzte leise hinzu: »Und sie gefällt mir auch.«

Aidan merkte, dass er ziemlich dümmlich grinste, als er ihr mit einem tonlosen »Mir auch« beipflichtete. Schnell wechselte er das Thema und fragte: »Hast du inzwischen fürs Frühjahr eine Hilfskraft eingestellt?«

»Ich habe im Januar mehrere Gespräche«, sagte sie ausweichend und schloss die Box hinter ihnen. »Wollen wir nicht ins Haus rübergehen? Ich wollte Crumpets machen.«

»Das war ganz köstlich«, sagte Pia.

Sie fühlte sich ausgesprochen wohl. Catriona McGregor war ihr mit ihrer direkten Art sehr sympathisch, und der Tee und besonders die dünnen Pfannküchlein hatten ihr vorzüglich geschmeckt. Nur Aidan hatte nicht viel gesagt. Ab und zu hatte er ihr einen nachdenklichen Blick zugeworfen. Aber es war ihr ja nicht neu, dass sie nicht schlau aus ihm wurde.

»Ist das eine schottische Spezialität?«

»Die Crumpets? Nicht direkt, nur die Art, wie wir sie zubereiten. Wir nehmen den gleichen Teig wie für unsere Pancakes, deshalb sind sie fluffiger. Möchtest du gerne das Rezept haben?«

»Ja, bitte.«

»Aidan isst sie gerne zum Frühstück«, sagte Catriona und grinste so wie die Katze, die in den Rahmtopf gefallen war.

»Ich glaube, es wird langsam spät«, meldete sich Aidan zu Wort. Doch sein Ablenkungsmanöver hatte nicht den erwünschten Effekt. Ganz im Gegenteil.

»Oh, habt ihr noch etwas vor?«, fragte Catriona mit funkelnden Augen.

Aidan sah etwas unbehaglich aus, doch auch davon ließ sich seine Schwägerin nicht ausbremsen. »Warum fahrt ihr nicht nach Fort William ins *Premier Inn*? Sie bieten mehrere Weihnachtsmenüs an.«

»Wir werden darüber nachdenken«, sagte er ausweichend.

Pia stutzte. Wir? Gab es ein ›Wir‹ oder war das nur dahingesagt?

»Ich könnte anrufen und fragen, ob sie noch einen Tisch haben«, schlug Catriona vor.

»Wir fahren erst mal nach Glencoe und entscheiden

uns dann, Cat.« Schon wieder ›wir‹. Das konnte jetzt aber kein Zufall mehr sein.

Als Pia bemerkte, dass Aidans Schwägerin erneut Anlauf nahm, sagte sie schnell:

»Ja, das ist eine gute Idee, Mr Darcy wird inzwischen hungrig sein.«

»Mr Darcy?«

»Pia hat Hamishs alten Kater adoptiert«, erläuterte Aidan.

»Oh wie schön. Dann bleibst du also länger?«

»Nein. Mein Rückflug ist am siebten Januar«, sagte Pia.

»Wie schade. Aber du kommst doch sicher bald wieder?«

»Wenn wir noch einen Tisch bekommen wollen, sollten wir wirklich aufbrechen.« Aidan griff nach Pias Mantel. Deutlicher ging es eigentlich nicht.

»Tut mir leid«, sagte Aidan, als sie endlich vor der Tür standen. »Catriona kann recht beharrlich sein.«

»Ja, das ist mir aufgefallen.« Plan unterdrückte ein Grinsen. »Sie möchte dich wohl gerne verkuppeln.«

Aidan, der zu seinem SUV gegangen war, blieb stehen und sah sie mit einem schwer zu deutenden Blick an. Dann öffnete er die Beifahrertür und Pia stieg ein. Erst als er auch im Wagen saß, richtete er das Wort an sie.

»Ich hatte keine Ahnung, dass sie es so übertreiben würde.« Er presste die Lippen zusammen und atmete dann einige Male tief ein und aus. »Es tut mir leid.«

»Was tut dir leid, Aidan? Dass dich deine Schwägerin mit mir verkuppeln will oder dass du jetzt eine Verabredung zum Dinner hast?«

»Du musst nicht, weißt du«, sagte er und startete den Wagen.

»Ich weiß.« Pia suchte seinen Blick. »Ich würde mich aber freuen.«

»Dann ist es also abgemacht.«

Wieder war da dieser Moment des Zögerns. Und wieder hatte sie das Gefühl, als wollte er noch etwas sagen. Doch stattdessen lenkte er den Wagen auf die B863 in Richtung Glencoe Valley.

›Tu es endlich, rede mit ihr.‹

Aus den Augenwinkeln sah Aidan, dass Pia zunehmend verunsichert und frustriert aussah. Er ärgerte sich ja über sich selbst – und über Catriona, für die es ein Fest gewesen war, ihn so zu aufzuziehen. Und dann war ihm nichts Besseres eingefallen, als Catrionas Vorschlag aufzugreifen, Pia zum Weihnachtsdinner auszuführen. Das grenzte in seinen Augen schon fast an Stalking. Er hatte sie einfach damit konfrontiert, ohne überhaupt darüber nachzudenken, ob sie nicht bereits eigene Pläne hatte. Es war immerhin Weihnachten, verdammt noch mal, da hatten normale Menschen Pläne. Keiner übernahm freiwillig und bereits das dritte Jahr in Folge den Notdienst für diesen Bezirk – niemand, nur er.

Nur noch wenige Kilometer.

›Du benimmst dich seltsam. Sie hat ein Recht auf eine Erklärung.‹

Aidan bremste den SUV und fuhr an den Rand. Er merkte, wie seine Hände das Lenkrad umklammerten. Nie hätte er gedacht, dass es immer noch so schwer sein würde.

»Ich muss dir etwas sagen.«

»Okay.«

Okay? … Also gut. Er holte tief Luft.

»Vor zwei Jahren ist Moira an dieser Stelle von einem betrunkenen Lastwagenfahrer von der Straße gedrängt worden.« Er merkte, wie zittrig er sich anhörte. »Sie ist noch am Unfallort gestorben.«

»Moira war deine Frau?« Ihre Stimme klang leise, aber nicht schockiert, und es schwang nichts von dem mit, was er befürchtet hatte.

»Ja«, sagte er nur.

»Darum also.«

Er wusste sofort, was sie meinte und nickte. »Genau, darum.«

Doch er war noch nicht fertig. Sie sollte alles wissen.

»Ich hatte an diesem Tag einen Außentermin in Kinlochmore. Es ging um eine Schafherde.« Er fuhr sich mit der Hand über das Gesicht, über die Lider, so als könnte er damit die Bilder auslöschen, die wieder aufstiegen. Moira und er beim Frühstück. Er hatte nur einsilbig auf ihre Fragen geantwortet, weil er in seinen Unterlagen blätterte. Er konnte ja nicht wissen, dass es ihr letztes gemeinsames Frühstück sein würde, ihr letztes Gespräch. Er hatte die Unterlagen auf dem Küchentisch liegen gelassen und war aus dem Haus gegangen.

»Moira dachte, ich hätte die Papiere vergessen, und ist mir nachgefahren. Da ist es dann passiert.« Er schlug auf das Lenkrad. »Und dabei habe ich diesen verdammten Hefter überhaupt nicht gebraucht.«

Plötzlich spürte er eine zarte Berührung. Ihre Hand auf seiner.

»Okay«, sagte sie wieder.

Nicht: Du hast keine Schuld. Nicht: Du hättest es nicht verhindern können. Nur ›Okay‹.

Aidan startete den Wagen und fuhr wieder auf die Fahrspur.

Ja, es war okay. Endlich.

# 7

Mr Darcy, der personifizierte Protest auf vier Pfoten, empfing sie mit lautem Mauzen.

»Ja, ja. Ich hab's gleich«, sagte Pia.

Sie griff nach der Dose mit Katzenfutter und zog den Deckel ab.

»Er hat dich schon richtig gut im Griff, oder?«, schmunzelte Aidan.

»Oh ja«, seufzte sie. »Das hat er schnell geschafft.«

Sie füllte Darcys Schälchen, während er um ihre Beine strich. Nachdem Pia ein kleines Ausweichmanöver absolviert hatte, setzte sie den Futternapf auf der Unterlage ab. Sie war froh, diese alltägliche Verrichtung tun zu können. In ihrem Innersten herrschte Aufruhr. Auch wenn sie noch nichts annähernd Vergleichbares erlebt hatte, ahnte sie, welche Überwindung es Aidan gekostet haben musste, ihr vom Unfalltod seiner Frau zu erzählen. Und sie ahnte, nein, sie wusste, was dies bedeutete: Sie war ihm so wichtig, dass er ihr vertraute. Sie war für ihn keine Touristin auf der Durchreise – und dieser Gedanke machte ihr Angst und erweckte gleichzeitig einen wilden Schwarm Schmetterlinge in ihrem Bauch zum Leben.

›Jetzt reiß dich zusammen, er will nur ein Date, ein Abendessen.‹

»Ich zieh mich kurz um, dann können wir fahren«, sagte sie, nachdem Mr Darcy vom kehligen Miau auf ein zufriedenes Schmatzen umgeschaltet hatte.

Aidan wollte gerade zu einer Antwort ansetzen, als der Rufton seines Handys erklang. Nach einem kurzen Blick auf das Display nahm er den Anruf an.

»Ja, Heather …« Er warf Pia einen entschuldigenden Blick zu und richtete wieder das Wort an die Anruferin. »Hast du Temperatur gemessen?«

›Damit dürfte auch dieser Abend gelaufen sein‹, dachte Pia betrübt. Aber vielleicht war etwas Abstand auch ganz gut. Zu viel Vergangenheit, zu viele Emotionen, die alles bedeutsam machen würden, was doch eigentlich leicht sein sollte.

»Irgendjemand will wohl nicht, dass wir zusammen essen«, sagte Aidan mit einem schiefen Grinsen. »Meine Patientin von gestern braucht mich.«

»Hoffentlich nichts Schlimmes …?«

»Das hoffe ich auch. Pippa ist Heathers jüngste Zuchthündin. Ich musste gestern einen Kaiserschnitt bei ihr durchführen und jetzt ist das Gesäuge verhärtet und …« Er brach ab. »Ich will dich nicht langweilen.«

»Tust du nicht«, sagte sie schnell und meinte es auch so. »Wenn es nicht allzu lange dauert … vielleicht möchtest du wenigstens den Nachtisch von gestern essen. Ich habe ihn nicht angerührt, er steht noch im Kühlschrank …« Sie stockte, als sie merkte, dass sie plapperte.

»Nachtisch, hm?« Er sah sie mit einem Lächeln an, das ihren Puls beschleunigte. »Das klingt verlockend.« Seine Blicke wanderten zu ihrem Mund und er murmelte: »Sehr verlockend sogar.«

Seine rechte Hand legte sich mit leichtem Druck um ihren Nacken und sie ließ sich nur allzu gern in seine Umarmung ziehen. Und dann spürte sie seine Lippen auf den ihren, zart und gleichzeitig mit genau der richtigen Intensität. ›Oh Gott, dieser Mann kann wirklich küssen‹, dachte sie. Und dann dachte sie überhaupt nichts mehr, während sie sich diesem sinnlichen Erlebnis hingab und seine Küsse erwiderte. Auch nachdem er sich von ihr gelöst hatte, war sie noch völlig in dem Augenblick gefangen, bis seine Stimme sie in die Realität zurückholte.

»Ich muss jetzt wirklich gehen«, sagte er und das Bedauern war unüberhörbar.

»Kommst du wieder?« Sie erschrak im selben Moment über ihre Forschheit, als sie die Worte aussprach.

»Du hattest mir doch einen Nachtisch versprochen.«

Da waren sie wieder, die verflixten Grübchen.

Ein weiterer Kuss.

»Bis später.«

Was hatte er sich nur dabei gedacht? Aidan schüttelte über sich selbst den Kopf, während er zu seinem Wagen ging und seine Tasche holte. Gar nichts hatte er sich gedacht. Einfach gemacht. Und es hatte sich gut und richtig angefühlt. Er legte den Kopf in den Nacken und ließ in einem Anflug von Unbeschwertheit einige Schneeflocken auf seine Zunge fallen. Nach einem letzten Blick auf das Haus der Frasers, mit seinen hell leuchtenden Fenstern, ging er die Auffahrt hinab.

Heather Armstrong wohnte nur zehn Minuten zu Fuß ins Tal hinunter.

Ihre Bearded-Collie-Zucht »Glen's Pride« war weit über Schottland hinaus bekannt, und Pippa hatte auf diversen Ausstellungen als Best in Show gewonnen. Sie entstammte einer gesunden Linie und niemand hätte diese Komplikationen vorhersehen können.

Und jetzt hatten die Welpen eine Kolik und bei Pippa war die Milch weggeblieben. Zehn Neugeborene, die vor Schmerzen und Hunger schrien. Er hoffte, sie würden sie durchbekommen. Vermutlich stand wieder eine lange Nacht bevor. Doch Heather Armstrong war eine erfahrene Züchterin und mit seiner Unterstützung würde sie die Welpen alleine versorgen können – und das bedeutete, dass er heute noch eine wichtige Entscheidung treffen musste: Sollte er die Nacht mit Pia verbringen oder nicht?

Plötzlich blieb er wie vom Blitz getroffen stehen. Morgen war Boxing Day und das bedeutete, der Notdienst wurde ab Mitternacht von einem Kollegen aus Fort William übernommen, da er selbst sehr früh am Morgen nach Edinburgh fahren musste. Wie hatte er das traditionelle Familien-Frühstück am zweiten Weihnachtstag vergessen können? Und noch schlimmer, warum hatte er Pia nichts davon gesagt? Sie musste ja davon ausgehen, dass sie Zeit miteinander verbringen würden – nachdem er sich so unverfroren bei ihr eingeladen hatte.

Verdammt.

Er konnte doch nicht einfach bei ihr auftauchen, sie für eine schnelle Nummer ins Bett ziehen und anschließend abhauen. Nicht mit ihr, nicht mit der süßen Pia. Er verdrängte die Erinnerung, wie sie sich an ihn geschmiegt hatte, als er sie küsste, an ihre kleinen Laute des Wohlbehagens, die sie unbewusst von sich gegeben hatte. Erinnerungen, die ihn ziemlich sichtbar geil machten. Nicht der beste Zustand, um an Heather Armstrongs Tür zu klopfen.

Aidan zog sein Handy aus der Manteltasche und sah unschlüssig auf das Display. Sollte er Pia eine SMS schicken? Nein, das wäre zu unpersönlich. Schließlich war heute Weihnachten und er hatte ihr bereits den Abend verdorben, indem er sie erst eingeladen hatte und dann kurz darauf absagen musste.

»Ich wollte nur kurz anrufen, um euch frohe Weihnachten zu wünschen«, sagte Pia. Sie saß auf ihrem Lieblingsplatz und kraulte den rundlichen Kater hinter den Ohren.

»Und das fällt dir um 19:40 Uhr am ersten Weihnachtstag ein?«, schallte die Stimme ihrer Mutter an ihr Ohr.

›Kurz bevor unsere Gäste eintreffen‹, klang ungesagt mit. Charlotte Dorothea Freifrau von Haydhausen war die ungekrönte Königin der unausgesprochenen Worte.

»Ich habe euch doch geschrieben«, verteidigte sich Pia. »Ist die Post nicht angekommen?«

»Doch, doch. Vor drei Tagen«, sagte ihre Mutter in diesem besonderen Tonfall, den sie für nichtige Dinge reserviert hatte. »Mit der anderen Weihnachtspost.«

Also lag ihr Brief im Entree der Villa auf dem kleinen Tischchen, auf dem all die anderen Weihnachtskarten gestapelt wurden – die von den Geschäftspartnern ihres Vaters, von Lieferanten und von »Freunden der Familie«.

Pia schluckte. Sie hätte es wissen müssen. Ihr Fernbleiben vom traditionellen Weihnachtsempfang konnte nicht ungestraft bleiben. Von ihrem Vater hatte sie nichts anderes erwartet, aber dass ihr auch ihre Mutter mit dieser Indifferenz und Kühle begegnen würde, traf sie sie mehr, als sie gedacht hatte.

»Dein Vater hat gefragt, ob du zum Neujahrsempfang wieder in Hamburg bist.«

»Ich hatte doch gesagt, dass mein Rückflug am siebten Januar ist.«

»Das passt uns aber gar nicht. Es wird Fragen geben«, sagte ihre Mutter in diesem vorwurfsvoll-leidenden Ton, dem Pia nie etwas entgegenzusetzen gehabt hatte.

Doch diesmal war es anders. Nur schwer konnte sie einen Laut des Unwillens unterdrücken.

»Und was spricht dagegen, diese Fragen zu beantworten, Mama? Ich bin in Schottland zu Besuch bei einer guten Freundin.«

»Das stimmt nicht«, sagte ihre Mutter prompt. »Du hast deinem Vater erzählt, dass du Kühe hütest.«

›Ich wusste es. Ich wusste, ich würde diesen Anruf bereuen.‹ Sie setzte Mr Darcy auf den Boden, was dieser mit einem Protestmaunzen quittierte, und stand auf. Sie musste irgendwie Dampf ablassen und sei es nur, indem sie im Haus herumlief.

»Was war das für ein Geschrei?«

»Was? Ach so, das ist nur der Kater.«

»Sienna hat jetzt eine Katze?« Der Tonfall klang eindeutig geringschätzig.

Ihre Mutter hatte noch nie viel von ihrer Jugendfreundin gehalten. Eigentlich grenzte es schon fast an ein Wunder, dass es ihr nicht gelungen war, sie beide auseinanderzubringen.

»Mr Darcy ist meine Katze.«

»Wie bitte? Ich höre wohl nicht recht. Du weißt doch ganz genau, dass ich eine Katzenallergie habe.«

Um ein Haar wäre ihr ein »Seit wann denn das?« entschlüpft, aber Pia biss sich gerade noch auf die Zunge. ›Keinen Streit, heute ist Weihnachten.‹ Vermutlich war ihre Mutter nur gestresst, weil bereits die ersten Gäste eintrafen. Sie hatte im Hintergrund die Türglocke und Stimmengemurmel gehört.

»Ich habe aber keine Allergie und ich wollte schon immer eine Katze haben.«

Inzwischen war sie auf ihrem Rundgang wieder in der Küche angekommen und steuerte geradewegs auf den Kühlschrank zu. Bei ihrer kurzen Inspektion vor drei Tagen hatte sie eine Packung Eiscreme im Tiefkühlfach gesehen. Dies schien der richtige Zeitpunkt zu sein, um zu testen, wie viel davon sie auf einmal essen konnte, ohne dass ihre Zunge am Dessertlöffel festfror.

»Ich muss jetzt Schluss machen, Mama. Bitte bestelle allen Grüße und habt noch schöne Weihnachten.«

Energisch drückte sie das Gespräch weg und wandte sich dem Topf mit Eiscreme zu. Sie liebte ihre Eltern und sie wusste, dass sie ebenfalls geliebt wurde. Aber in ihrer Beziehung gab es einfach zu viel »Wir wissen, was gut für dich ist« und das war viel zu oft richtig, richtig anstrengend und verlangte eine Menge Kraft und Geduld von ihr. Ihr grauste jetzt schon davor, was sie sich würde anhören müssen, wenn ihre Eltern erfuhren, dass sie arbeitslos war. Welch ein Skandal, eine von Haydhausen, der in der Probezeit gekündigt worden war und das in einem anspruchslosen Beruf wie Kindergärtnerin.

Ja, sie brauchte jetzt Eis. Viel Eis. Und dafür brauchte sie die richtige Ausstattung.

Pia griff nach einem Esslöffel und nahm den Packungsdeckel ab. Sie wollte den Löffel gerade in der süßen Köstlichkeit vergraben, als im gleichen Augenblick der Signalton ihres Handys, der eine empfangene Nachricht ankündigte, ertönte.

Aidan. Sofort beschleunigte sich ihr Herzschlag. Er hatte ihr eine Sprachnachricht geschickt.

»Ich hätte es dir lieber persönlich gesagt, aber ich …«

Oh nein! Er bereute, dass er sie geküsst hatte, und jetzt wollte er ihr sagen, dass sie sich nicht mehr sehen konnten.

»… kann ich leider deiner Einladung nicht folgen«, er machte eine kurze Pause und sie hörte sein Lächeln, »obwohl dein Nachtisch sicher köstlich gewesen wäre.«

Wovon redete er? Pia versuchte, sich zu konzentrieren. Nachtisch und köstlich. Das klang nicht nach einer Abfuhr. Unbewusst strich sie mit den Fingerspitzen über ihre Lippen. Sie hätte auch gerne von diesem Nachtisch gekostet.

»… bis Freitag.«

Nachdem sie die Nachricht noch einmal angehört hatte, wurde der Inhalt verständlich. Aidan musste seine Familie in Edinburgh besuchen und da die Fahrt fast vier Stunden dauerte, wollte er bereits um fünf Uhr früh aufbrechen. Er klang enttäuscht und leicht genervt, und

Pia fragte sich, ob wohl seine Eltern ähnlich wie die ihren waren.

Sie überlegte kurz. Vermutlich war er noch bei seinem Hausbesuch und wurde dort länger aufgehalten, sonst hätte er sich ja nicht verabschiedet. Also schrieb sie ihm nur eine kurze SMS:

»Ich freue mich auf Freitag. Nachtisch steht bereit. ;-) Alles Gute für Hundemama Pippa. Pia xx«

Und dann drückte sie schnell auf »Senden«, bevor sie der Mut verließ.

❄

»Das ist Bonnie Prince Charlie, ein Wallach«, erklärte Catriona. »Bis du wieder etwas sicherer im Sattel sitzt, ist er genau richtig.«

Pia warf einen skeptischen Blick auf den Fuchs, den Aidans Schwägerin für sie gesattelt hatte und der schnaubend mit den Hufen stampfte. Wenn dies ein ruhiges Tier war, wollte sie nicht wissen, wie feurig die anderen Ponys waren.

Catriona, die ihr Zögern bemerkte, nickte ihr ermunternd zu und Pia saß auf.

Sie hatte sich am Morgen spontan entschlossen, dass großzügig ausgesprochene Angebot, auf einem der Highland-Ponys auszureiten, anzunehmen. Und nun, kurz nach Sonnenaufgang, trabte sie Seite an Seite mit dieser sympathischen, aber überaus neugierigen Schottin einen mit Raureif überzogenen Feldweg entlang. Catriona ritt einen Falben und im Gegensatz zu Pia war sie total relaxt und wirkte überhaupt nicht verschlafen.

»Unternehmt ihr zwei später noch was?«

»Wie meinst du das?«

»Du und Aidan. Was habt ihr geplant?« Catriona warf ihr einen schnellen Blick zu. »Ich hab doch bemerkt, dass da was zwischen euch läuft.«

»Da hast du mehr bemerkt als ich«, entfuhr es Pia.

»Ach ja?« Wieder dieser Blick. »Willst du mir etwa sagen, dass du nicht auf ihn stehst?«

Diese Frau sollte bei Scotland Yard arbeiten, dachte Pia mit einem unbehaglichen Gefühl. Andererseits bot sich hier die Chance, etwas mehr über Aidan zu erfahren. Laut sagte sie:

»Bist du immer so direkt?«

»Ja.« Catriona grinste vergnügt. »Also, was ist?«

»Ich mag ihn«, gestand Pia und nach einer kleinen Pause fügte sie leise hinzu: »Ich mag ihn sogar sehr.«

»Ausgezeichnet. Und ich vermute, Schottland magst du auch, sonst wärst du nicht hier.« Sie brachte ihr Pony zum Halten und saß ab. »Lass uns ein Stückchen gehen.«

Pia nickte und tat es ihr gleich.

Kurz darauf gingen sie eine kleine Anhöhe hinauf, und Pia hatte eine Ahnung, dass Catriona irgendetwas bezweckte. Schließlich blieb sie stehen und wies auf das Tal, das sich zu ihren Füßen ausstreckte. In der Ferne war die blanke Wasserfläche des Loch Leven zu erkennen.

»Ich bin hier geboren, musst du wissen«, erzählte Catriona.

»Moira auch?«, fragte Pia.

Catriona sah sie verblüfft an. »Aidan hat dir von ihr erzählt?«

Pia nickte.

Ein zufriedenes Lächeln huschte über Catrionas Gesicht, kaum wahrnehmbar, aber es war eindeutig da gewesen, dann fuhr sie fort:

»Moira und ich sind auf *Fern Lintie* aufgewachsen und ich habe die Pony-Zucht vor gut einem Jahr von meinem Vater übernommen. Es stand schon immer fest, dass ich das Gestüt später einmal leiten würde. Moira hat sich nie dafür interessiert. Sie wollte eigentlich in die Stadt ziehen.«

»Und dann ist sie doch hiergeblieben …«

»Ja. Sie hat Aidan geheiratet.« Catriona schnalzte missbilligend mit der Zunge. »Ich glaube, sie hat darauf spekuliert, dass er eines Tages zurück nach Edinburgh ziehen würde.«

»Aber warum sollte er? Er hat doch hier seine Praxis«, fragte Pia verdutzt.

»Ja, warum sollte er.« Sie machte eine Geste, die das ganze Tal einschloss. »Ich kann mir keinen schöneren Ort auf der Welt vorstellen als Glencoe.«

Pia schwieg. Auch wenn ihr die Aussicht gefiel, würde sie sich das Tal im Umkehrschluss nicht als den schönsten Ort auf dieser Welt vorstellen können. Aber sie war schließlich keine Schottin. Man musste wohl tatsächlich hier geboren sein, um sich mit einem Ort so verbunden zu fühlen. Fast spürte sie so etwas wie Neid. Sie lebte gerne in Hamburg und betrachtete die Hansestadt als ihre Heimat. Aber sie verspürte kein Heimweh, wenn sie nicht dort war. Was vielleicht auch an ihrem Elternhaus und den Konventionen und Erwartungen lag, denen sie anscheinend nie entkommen konnte, so sehr sie sich auch bemühte.

»Aber wenn sie nicht hier sein wollte … war ihre Ehe denn glücklich?«, nahm sie den Gesprächsfaden wieder auf.

»Ja. Das war sie. Sie hatten Zukunftspläne gemacht. Sie wollten das Haus kaufen, in dem sie zur Miete wohnten, und wollten anbauen – ein Kinderzimmer. Aidan hatte bereits die Zusage der Bank für eine Hypothek bekommen.«

»Und das, obwohl sie eigentlich woanders hinziehen wollte?«, wunderte sich Pia laut.

»So war Moira« Catriona hob die Schultern. »Sie konnte sich schnell für eine Idee begeistern und genauso schnell wieder das Interesse daran verlieren. Aidan wusste das. Aber er liebte sie eben.«

Das klang nicht so, als wäre diese Ehe auf Dauer geschlossen worden, dachte Pia.

Catriona schien den gleichen Gedankengang zu verfolgen, denn sie sagte:

»Das Schicksal hat oft ganz andere Pläne mit den

Menschen. Aidan hat es wirklich nicht verdient, so leiden zu müssen. Schuldgefühle, so irreal sie auch sein mögen, sind wie eine dunkle Wolke, die das Leben vergiften.« Sie lachte verlegen. »Ich höre mich gerade furchtbar pathetisch an, ich weiß.« Sie wandte sich um. »Lass uns wieder zurückreiten.«

Am Fuß des Hanges saßen sie auf. Bevor sie die Ponys in Richtung *Fern Lintie* lenkten, sagte Catriona:

»Aidan hat sich in den letzten Wochen verändert, musst du wissen. Ich glaube, es ist etwas vorgefallen, das ihn dazu gebracht hat, darüber nachzudenken, wie sein weiteres Leben aussehen soll.« Sie grinste. »Du bist genau zum richtigen Zeitpunkt aufgetaucht, wenn du mich fragst.«

❄

»Aidan?«, seine Mutter sah ihn forschend an. Offensichtlich hatte er einen wichtigen Teil der Konversation verpasst – bereits zum dritten oder vierten Mal während des traditionellen Weihnachtsbrunchs der MacLeods.

»Entschuldige, Mum, was hast du gerade gesagt?«

»Du siehst müde aus. Hattest du wieder die ganze Nacht Notdienst?«

Er nickte. Er hatte tatsächlich länger bei der Collie-Hündin und ihren Welpen bleiben müssen, als er ursprünglich dachte. Doch zum Morgengrauen hatte sich die Situation beruhigt, die feuchtwarmen Bauchwickel zeigten Wirkung und die Koliken waren abgeflaut. Sassy, eine erfahrene Mutterhündin, war dazugekommen und hatte die Kleinen sauber geleckt und ihre Verdauung angeregt. Da die Chance bestand, dass bei ihr Milch einschießen würde, hatte er Heather davon abgeraten, eine Amme zu suchen, um nicht noch mehr Unruhe reinzubringen.

All das konnte er natürlich weder seinem Vater, dem Principal Professor, noch seinen beiden älteren Brüdern und all den anderen MacLeods am Tisch mit ihren makellosen Karrieren als Chirurgen und Fachärzte mit gut gehenden Praxen erzählen. In ihren Augen war er ein Versager. Wenn er wenigstens als Landarzt in die Highlands gegangen wäre, dann hätte man es noch als altruistische Tat für die arme Landbevölkerung ansehen können, aber ein Veterinär …?

Aidan verfluchte sich, dass er nicht einfach abgesagt hatte. Bei der Vorstellung, dass die nächsten Tage nach genau dem gleichen Muster ablaufen würden wie dieser Brunch, krümmte er sich innerlich. Warum musste er auch so verdammt pflichtbewusst sein? Seine kleine Schwester hatte eine weitaus gesündere Einstellung zu diesem jährlichen Zirkus. Sie war mit ihrem neuesten Boyfriend, einem US-Footballspieler, nach Koh Samui geflogen und scherte sich nicht um die altehrwürdige Familientradition.

Warum hatte er es nicht ebenso gemacht? Er wusste doch, dass er niemals die Anerkennung seiner Familie erringen würde. Und letztendlich war es ihm auch egal. Der Tag, an dem er sich dazu entschlossen hatte, in Glasgow zu studieren, und nicht dem vorgezeichneten Weg zu folgen, war wie ein Befreiungsschlag gewesen. Er liebte seinen Beruf, den Umgang mit den Tieren und er schätzte sein Leben in der Abgeschiedenheit der Highlands. Er hatte sich und Moira dort alt werden sehen. Wobei es sich hierbei rückblickend um eine Wunschvorstellung gehandelt hatte. Obwohl sie in Glencoe aufgewachsen war, hatte Moira das Tal nie so geliebt, wie er es als Zugezogener tat. Und vermutlich hatte sie ihn auch nicht so geliebt wie er sie. Es hatte Anzeichen gegeben, die er ignorierte. Stattdessen hatte er Pläne geschmiedet.

Dieses Haus … es stand immer noch zum Verkauf. Die Campbells, denen es gehörte, hatten ihn nicht zu einer Entscheidung gedrängt, da er ein guter Mieter war. Sie wussten, würden sie das Haus auf dem freien Markt anbieten, müssten sie erst noch einiges investieren, um einen guten Preis zu erzielen. Doch so viel stand fest: Er würde das Haus nicht für sich kaufen wollen, es hingen einfach zu viele Erinnerungen daran, die er nicht täglich wachrufen wollte.

Es war höchste Zeit für neue Pläne. Nein, nicht nur Pläne, sondern Taten. Ein neues Haus und vielleicht auch eine neue Frau … Was machte er überhaupt hier? Er wollte doch viel lieber mit Pia zusammen sein.

»Aidan. Wo bist du nur mit deinen Gedanken?« Diesmal klang seine Mutter eindeutig verärgert.

»Tut mir leid, Mum. Mir ist gerade eingefallen, dass ich euch noch nicht gesagt habe, dass ich morgen schon wieder zurückfahren muss.«

»Ich verstehe nicht …? Morgen ist doch der Geburtstag deines Bruders.«

Als ob er das nicht wüsste, dachte Aidan. Aber jetzt konnte er seine Worte nicht mehr zurücknehmen und wollte es auch nicht. Bei ihm dauerten Entscheidungen immer etwas länger, aber wenn sie einmal gefallen waren, ließ er sich nicht mehr davon abbringen.

# 8

»Wobei genau sollte ich dir helfen?«

Aidan unterdrückte ein Gähnen. Er war erst weit nach Mitternacht in Glencoe eingetroffen. Es hatte erneut geschneit und er war nur sehr langsam vorangekommen. Zum Glück hatte sein Bruder Verständnis dafür gehabt, dass er sofort nach dem Geburtstags-Dinner aufbrechen wollte, und er fragte auch nicht nach dem Grund. Bevor Aidan abgefahren war, hatte er noch kurz eine SMS an Catriona geschickt und sie gebeten, am nächsten Morgen für eine oder zwei Stunden vorbeizukommen.

»Es geht um Moiras persönliche Sachen.« Er zögerte kurz und sagte dann: »Ich habe in den letzten Wochen alles zusammengepackt und wollte dich fragen, was am besten damit passieren soll.«

»Alles?« Catriona sah in völlig verblüfft an.

»Ich habe unsere Hochzeitsfotos und einige andere Erinnerungen zur Seite gelegt. Aber ich weiß nicht, was ich mit den anderen Sachen anfangen soll. Ihre CDs zu Beispiel. Und dann ihre Kleidung, Schuhe und der Schmuck. Es gibt auch alte Fotoalben. Ich dachte, du wolltest vielleicht etwas davon haben.«

»Der Schmuck gehört jetzt mir«, sagte Catriona prompt. »Er stammt von unserer Granny, und Moira hat ihn bekommen, weil sie die ältere von uns war. Die Fotoalben gehören zu unserer Familien-Geschichte. Ihre Kleidung solltest du spenden. In Inverness gibt es einen Oxfam-Laden. Und die CDs und DVDs könntest du vielleicht der Bücherei geben. Wenn du möchtest, kann ich das übernehmen und dort nachfragen.«

»Danke.«

Sie neigte den Kopf und sah ihn nachdenklich an. »Wolltest du nicht eigentlich erst zum Wochenende zurückkommen?«

»Ich hab's mir anders überlegt«, sagte er ausweichend.

»Hm ...«

»Wenn du was von den Möbeln und den Vorhängen haben möchtest, musst du es nur sagen.«

»Was ist hier gerade los, Aidan?« Sie kniff Augen misstrauisch zusammen.

»Ich werde ausziehen.«

»Du wirst was?!«

»Die Campbells haben lange genug gewartet, dass ich mich wegen des Hauskaufs entscheide. Und jetzt ist es so weit. Ich möchte das Haus nicht mehr kaufen. Und es gibt auch keinen Grund, warum ich noch hier länger wohnen bleiben sollte.«

»Du willst aus Glencoe wegziehen?« Sie flüsterte beinahe, so als würde es erst zur Tatsache, wenn sie es laut aussprach.

»Nein. Ich werde mir etwas anderes suchen«, sagte er lässig.

»Kommt das nicht alles etwas plötzlich?«

»Nein«, sagte er knapp und erntete einen diesmal eindeutig besorgten Blick. Benahm er sich wirklich seltsam? »Mir geht es gut. Wirklich.«

›So gut wie schon lange nicht mehr‹, fügte er stumm hinzu.

»Jetzt verstehe ich.« Sie grinste ihn verschmitzt an. »Es ist wegen ihr, wegen Pia.«

War es wirklich so einfach? Nein. Auch wenn er Pia nicht begegnet wäre, hätte er genauso gehandelt. Letztendlich wusste er doch gar nicht, ob die Anziehung auf Gegenseitigkeit beruhte, und Pläne für eine gemeinsame Zukunft zu machen, nur weil man jemanden geküsst hatte und zurückgeküsst worden war, so naiv war er wirklich nicht.

Schließlich hatte er die Kartons bereits vor Wochen gepackt, nur den letzten Schritt, den Mietvertrag zu kündigen, hatte er vor sich hergeschoben.

»Ich muss kurz in die Praxis«, sagte er und drückte sich um eine direkte Antwort auf Catrionas unausgesprochene Frage. »Nimm dir einfach, was du brauchen kannst.«

»Wieso denn nur kurz?«

Verdammt, diese Frau hatte einen sechsten Sinn.

»Weil ich mir die nächsten Tage freinehmen will, um Pia die Gegend zu zeigen.« Aidan wusste, wann er geschlagen war. »Bist du nun zufrieden?«

Zu seiner Verwunderung verzog seine Schwägerin unglücklich das Gesicht. »Pia ist heute Morgen, nachdem sie die Rinder versorgt hat, nach Inveraray gefahren. Sie will sich etwas die Gegend ansehen.«

»Dann eben morgen«, sagte er mit einem Schulterzucken.

Catriona schüttelte den Kopf. »Sie will eine kleine Rundreise machen und kommt wahrscheinlich erst morgen spätabends zurück.« Sie seufzte abgrundtief. »Ich hatte ihr vorgeschlagen, nach Edinburgh zu fahren, um sich dort mit dir zu treffen, aber das wäre ihr zu aufdringlich vorgekommen, weil du doch bei deiner Familie bist ... warst ...« Sie rollte mit den Augen. »Warum musst du alles immer so kompliziert machen?«

»Weil ich keine Gedanken lesen kann?«, knurrte er genervt.

Ohne ihn eines weiteren Blickes zu würdigen, ging sie in die Küche. Kurz darauf hörte er, wie sie den Teekessel füllte.

Warum mussten sich alle immer in sein Leben einmischen?

Nein, das war unfair. Catriona hatte angenommen, dass er mehrere Tage bei seiner Familie sein würde, und Pia – er konnte wohl kaum davon ausgehen, dass sie im Haus der Frasers sitzen würde, um auf seine Rückkehr zu warten. An seiner Frustration änderte diese Erkenntnis allerdings nichts.

Er folgte seiner Schwägerin in die Küche.

Catriona füllte gerade Schwarztee in die Kanne und griff nach zwei Bechern. »Wir trinken jetzt erst mal in Ruhe einen Tee und dann überlegen wir, wie wir diese verfahrene Situation noch retten können, okay?«

Hübsch, dachte Pia, wirklich sehr hübsch. Gemächlich schlenderte sie die Hauptstraße von Inveraray entlang und ging in Richtung Loch Fyne. Sie hatte sich eine Liste der Sehenswürdigkeiten gemacht, die sie nach und nach besichtigen wollte. Aber das war überhaupt nicht notwendig, denn sie war buchstäblich bei jedem Schritt von sorgfältig instand gehaltenen, denkmalgeschützten Gebäuden umgeben. Genauso hatte sie sich Schottland nach Siennas Erzählungen vorgestellt.

Plötzlich grummelte ihr Magen. Passenderweise genau vor einer Bäckerei.

Scones, dachte Pia. Genau darauf hatte sie jetzt Appetit.

Kurz darauf machte sie sich gesättigt auf den Weg, um Inveraray Castle zu besichtigen. Schließlich konnte sie nicht zurück nach Hamburg fliegen, ohne nicht wenigstens einige Burgen und Schlösser gesehen zu haben. Doch sie wollte diese beiden Tage auch nutzen, um Land und Leute besser kennenzulernen. Selbst wenn sie wusste, dass es in der kurzen Zeit nur sehr oberflächlich sein würde, wollte sie diese Chance außerhalb der Hochsaison nutzen.

Noch besser hätte ihr der kleine Ausflug natürlich gefallen, wenn Aidan dabei gewesen wäre. Sie ärgerte sich über ihre Feigheit, Catrionas Vorschlag nicht aufgegriffen zu haben, ihn in Edinburgh anzurufen. Vielleicht wäre er sogar froh gewesen, eine kleine Auszeit von seiner Familie nehmen zu können.

Ach verflixt. Sie musste endlich lernen, nicht immer so zurückhaltend zu sein. Auch wenn das bedeuten konnte, dass sie möglicherweise eine Abfuhr bekam.

Pia sah auf die Uhr. Wenn sie das Schloss noch bei Tageslicht sehen wollte, sollte sie sich besser beeilen. Sie musste sich außerdem noch eine Unterkunft in einem der B&Bs im Ort suchen. Am nächsten Morgen stand dann Dumbarton mit Schottlands ältester Burg auf dem Plan. Anschließend wollte sie Stirling Castle besichtigen, bevor es wieder zurück nach Glencoe ging – wo sie vermutlich von einem tief beleidigten Mr Darcy erwartet werden würde, der sich während ihrer Abwesenheit von Catriona von hinten und vorne hatte betüddeln lassen.

❄

»Und, wann trefft ihr euch?«

Aidan drehte sich um. Catriona stand in der Tür seines Sprechzimmers und sah ihn abwartend an.

»Ich hab sie noch nicht gesprochen.«

»Aha!«

Er beschloss, das vielsagende »Aha« zu ignorieren, und wandte sich wieder seinem Medikamentenschrank zu, um die Inventur fortzusetzen. Im Stillen hoffte er, dass es Catriona vom Zusehen langweilig werden würde, aber er spürte ihre neugierigen Blicke sogar an seinem Hinterkopf. Bevor sie die nächste inquisitorische Frage auf ihn abfeuern konnte, sagte er:

»Wie macht sich eigentlich der kleine Greystoke?«

»Lenk nicht ab, Aidan MacLeod«, erwiderte sie prompt. »Dem Fohlen geht es gut. Also …?«

»Ich wollte ihr später eine Wurmkur für den Kater vorbeibringen«, gestand er.

»Oh, wow. Du bist wirklich der geborene Womanizer, Aidan MacLeod. Es gibt wohl kaum etwas Romantischeres als eine Wurmkur.«

»Der Kater ist über zwei Wochen gestreunt«, sagte Aidan, so als wäre damit alles erklärt.

»Und nachdem du ihr die Wurmkur überreicht hast, geht ihr dann zum Candle-light-Dinner ins *Premier Inn*?«

»Möglich.«

»Ich geb's auf!« Gespielt theatralisch warf sie die Hände in die Luft. »Aber mach mir später keine Vorwürfe, wenn du als alter Hagestolz alleine hinterm Ofen sitzt.«

Aidan verkniff sich ein Grinsen und sagte: »Das wird schon nicht passieren.«

»Wir werden sehen, wir werden sehen.« Kopfschüttelnd ging sie zur Tür.

»Ich habe Hamish McClintock ein Angebot für sein Haus gemacht«, sagte er beiläufig.

»Du hast was?!« Sie blieb wie vom Donner gerührt stehen, wirbelte auf dem Absatz herum und starrte ihn entgeistert an.

»Ein Angebot auf das Haus in der Gleann Comhann …«

»Ja, ja. Ich habe dich schon beim ersten Mal verstanden. Warum denn bloß?!«

Er zuckte die Schultern. »Irgendwo muss ich schließlich wohnen.«

»Aber das Haus ist doch viel größer als …« Sie stutzte und dann überzog ein breites Grinsen ihr Gesicht. Sie durchquerte den Raum mit wenigen Schritten und schlug ihm kräftig auf den Rücken. »Romantisches Restaurant, Kerzenlicht, Dinner. Keine Wurmkur. Haben wir uns verstanden?«

Mit diesen Worten stiefelte sie aus seinem Sprechzimmer, und kurz bevor sie die Vordertür zuschlug, rief sie: »Das Haus ist toll, sie wird es lieben. Und vergiss nicht, sie zu unserer Party einzuladen!«

»Sie wird doch sowieso da sein, da die Frasers die Gastgeber sind«, wollte er ihr nachrufen. Doch vielleicht war es tatsächlich eine gute Idee, sie zu fragen, ob sie seine Begleitung sein wollte, damit sie sich nicht so sehr wie eine Außenseiterin vorkommen würde.

Aidan griff nach einer Tube Wurmpaste und einem Impfpass. Der alte McClintock hatte dafür gesorgt, dass Darcy alle notwendigen Impfungen erhalten hatte. Als sein Tierarzt musste er nur die Daten aus seinen Unterlagen raussuchen und nachtragen.

»… am liebsten wäre ich noch nach Skye gefahren«, sagte Pia. »Aber ich wollte Mr Darcy nicht so lange allein lassen.«

»Du solltest das unbedingt nachholen. Besonders im Spätsommer, wenn die Heide blüht.«

»Ach, wer weiß, wo ich dann sein werde«, rutschte es Pia raus.

»Wie meinst du das?«

Sie schüttelte den Kopf. »Ich hatte mir vorgenommen, erst im neuen Jahr darüber nachzudenken. Aber jetzt, wo Mr Darcy plötzlich da ist …« Sie brach ab, als sie Aidans verständnislose Blicke bemerkte. Was musste er nur von ihr denken? Sie brabbelte völlig zusammenhangloses Zeug. Sie holte tief Luft und gestand: »Ich habe kürzlich meine Arbeit verloren, aber so wie es aussieht, kann ich für ein Jahr im Ausland arbeiten. Der deutsche Botschafter in Moskau sucht für seine drei Kinder eine Art Gouvernante. Ich bin von Beruf Kindergärtnerin, also Erzieherin, musst du wissen.«

Aidan brummte etwas Unverständliches, aber sie traute sich nicht, nachzufragen, weil er ziemlich frustriert aussah. Schließlich sagte er:

»Möchtest du die Stelle denn annehmen?«

»Wenn ich das wüsste«, seufzte sie. »Den Kater könnte ich vermutlich nicht mitnehmen. Ich weiß ja nicht mal, ob er sich bei mir eingewöhnen würde. Ich habe in Hamburg nur eine kleine Etagenwohnung.« Sie merkte, wie ihr die Tränen aufstiegen und schluckte. »Ich war wohl etwas voreilig. Aber ich mag den kleinen Burschen so gern.«

Aidan streckte die Hand aus und löste behutsam ihre Finger, die nervös ihre Serviette kneteten.

Mit einem Lächeln sagte er: »Dass der Kater ungefähr zwei Wochen da draußen überlebt hat, war ein kleines Wunder, und dann hat er ausgerechnet dich gefunden, zwei Tage vor Weihnachten.«

»Meinst du, das hat etwas zu bedeuten?«

Aidan nickte. »Bestimmt hat es das.«

Seine Hand lag immer noch auf ihrer und jetzt strich er mit dem Daumen sanft über ihren Handrücken. Er wollte gerade etwas sagen, als die Bedienung an ihren Tisch kam und fragte, ob sie ein Dessert bestellen wollten.

Aidan sah sie fragend an, Pia nickte etwas zögernd und er sagte: »Bringen Sie uns bitte zwei Portionen Clootie.«

Pia hob interessiert die Augenbrauen und Aidan erklärte ihr, dass es sich um einen traditionellen Brotpudding handelte, der außerdem noch Rosinen und andere

Trockenfrüchte enthielt und zu Weihnachten oder Hogmanay gegessen wurde.

Als die Kellnerin in Richtung der Küche gegangen war, räusperte sich Pia etwas nervös. »Du wolltest eben etwas sagen?«

»Eigentlich wollte ich dich etwas fragen«, sagte er und sah sie auf eine Art an, die in Pias Bauch wieder diese verflixten Schmetterlinge zum Leben erweckte. »In drei Tagen feiern wir Hogmanay, also den Jahreswechsel, und im letzten Jahr war ich der Typ, der kein Date zu Sienna und Callums Party mitbrachte. Ich würde das in diesem Jahr gerne anders machen.«

»Ja?« Pia merkte, wie atemlos sie klang. Sie schluckte.

»Würdest du mir die Ehre erweisen und für diesen Abend meine Begleitung sein, Pia?«

»Das würde ich sehr gerne.«

Und erneut wurden sie von der Kellnerin unterbrochen, die mit ihrem Dessert kam.

»Bitte, zweimal Clootie. Darf ich dann die Rechnung bringen? Wir schließen bald.«

❄

»Oh, hello, bist du immer noch in der Gegend?«

Pia stutzte kurz, doch dann erkannte sie die dunkelhaarige Frau, die vor ihr an der Kasse des NISA Local anstand. Es war die Kellnerin aus dem Café, das an das Ballachulish Visitor Centre angeschlossen war, und mit der sie einen Tag nach ihrer Ankunft, so nett ins Gespräch gekommen war.

»Ich fliege erst im neuen Jahr wieder zurück«, antwortete sie und streckte die Hand aus. »Ich bin übrigens Pia.«

»Elinor«, sagte die junge Frau – Pia schätzte sie auf Ende zwanzig – und erwiderte den Händedruck. »Ich hab gehört, du hütest bei den Frasers ein, solange sie verreist sind?«

»Das stimmt. Sie kommen heute Abend zurück und ich wollte noch etwas einkaufen, damit der Kühlschrank nicht leer ist.«

Elinor nickte verstehend und legte ihre Einkäufe an der Kasse ab. Nachdem sie bezahlt hatte, zwinkerte sie Pia kurz zu und meinte:

»Dann sehen wir uns ja morgen«, und ging mit ihren Einkäufen zur Tür hinaus.

Morgen?, dachte Pia verwundert. Anscheinend feierte halb Glencoe Valley bei ihren Freunden den Jahreswechsel. Das konnte ja eine muntere Party werden. Zu wissen, dass sie wenigstens ein paar Leute unter den ganzen Gästen kennen würde, tat aber gut. Immerhin wollte sie nicht wie das schüchterne Mauerblümchen in der Ecke stehen – ausgerechnet an einem der wichtigsten Feiertage in Schottland. Sie konnte ja nicht erwarten, dass Aidan den ganzen Abend nicht von ihrer Seite wich, damit sie sich nicht wie das fünfte Rad am Wagen vorkam.

Was sie zu dem nächsten Problem brachte: Was sollte sie anziehen? Was zog man überhaupt zu dieser Art

Silvesterfeier an? Sie hatte eigentlich nichts Festliches eingepackt. Was ihr aber nur logisch erschienen war. Schließlich fütterte man keine Hochlandrinder im Abendkleid.

Ob sie Catriona fragen konnte? Sie hatten in etwa die gleiche Figur, auch wenn Catriona mit ihren roten Haaren und dem Porzellan-Teint ein völlig anderer Typ war. Sie könnte natürlich versuchen, in Fort William etwas Passendes zu finden – etwas Preisgünstiges, korrigierte sie sich. Oder sie wartete einfach ab, bis Sienna zurückkam. Ihre beste Freundin hatte bestimmt eine Idee.

»Madam?«

Pia schreckte aus ihren Gedanken und zückte schnell ihr Portemonnaie, um ihre Einkäufe zu bezahlen. Wie peinlich. Da stand sie vor der Kasse und hielt alle auf. Schnell packte sie die Lebensmittel ein und ging zum Auto.

Die vergangenen Tage waren so unglaublich schnell vergangen und so viel war passiert. Es fühlte sich fast so an, als wären gleich mehrere Monate in eine Woche gequetscht worden.

Sie verstaute die beiden Taschen, öffnete die Fahrertür und setzte sich hinters Steuer.

In acht Tagen würde sie nach Hamburg zurückfliegen, zusammen mit Mr Darcy. Hoffentlich würde er die Reise gut überstehen. Sie musste sich unbedingt erkundigen, ob sie ihn bei der Fluggesellschaft anmelden musste. In die

Kabine würde er nicht mit hineindürfen, aber zu den Gepäckstücken konnte er doch auch nicht kommen.

War sie womöglich zu voreilig gewesen und gar nicht geeignet, die Verantwortung für ein Haustier zu übernehmen? Aidan hatte so seltsam reagiert, als sie ihre Zweifel, ob Mr Darcy sich bei ihr eingewöhnen würde, ansprach.

Nein, das stimmte gar nicht. Das Job-Angebot in Moskau war es gewesen. Im Nachhinein kam es ihr fast so vor, als hätte er ihr abraten wollen und dann doch nichts gesagt. Eigenartig. Sie hatte bisher nicht den Eindruck gehabt, dass Aidan ein Typ war, der mit seiner Meinung hinter dem Berg hielt. Überhaupt war der Abend merkwürdig verlaufen. Nicht so, wie sie es sich erhofft hatte, nachdem er sie anrief, um zu fragen, ob er kurz vorbeikommen könnte.

Er hatte Mr Darcys Impfpass dabeigehabt und eine Wurmkur. Auf ihre verwunderte Frage hatte er erklärt, dass der Kater die Paste prophylaktisch bekommen sollte, da er sich über mehrere Wochen in freier Wildbahn sein Futter besorgt hatte. Er half ihr sogar bei der Verabreichung. Was aber nicht verhinderte, dass sich der Inhalt der Tube überall befand, nur nicht im Magen des Katers. Aidan hatte daraufhin zu ihr gesagt, dass sie eine Kotprobe in ein Tütchen tun sollte, damit er sie später in seiner Praxis untersuchen konnte. Alles in allem nicht unbedingt der passende Auftakt für einen romantischen Abend.

Trotzdem hatte es einige Momente gegeben – als er

ihre Hand streichelte und als er sie fragte, ob sie seine Begleitung sein wollte. Aber nachdem er sie zum Haus der Frasers gefahren hatte, setzte er sie vor der Tür ab. Einfach so. Er hatte sich zwar für den Abend bedankt und ihr eine gute Nacht gewünscht. Doch dann … keine Umarmung, kein Kuss, nichts. Sie war so enttäuscht gewesen – war es immer noch.

Hatte sie etwas falsch gemacht? Sie wusste es nicht.

Pia startete den Motor des Nissan. Hier vor dem kleinen Supermarkt zu sitzen und zu grübeln würde sie auch nicht weiterbringen.

# 9

Und dann dieses Büffet. Du kannst dir nicht vorstellen, was sie da jeden Tag aufgefahren haben«, schwärmte Sienna. Als Pia nicht antwortete, drehte sie sich um und sagte vorwurfsvoll: »Du hast es dir ja noch nicht einmal vorgehalten. Ich bin sicher, es steht dir. Die Farbe passt genau zu deinen Augen.«

»Meinst du?« Unschlüssig sah Pia auf Kleid, das ihr Sienna für die Party rausgesucht hatte.

»Was ist los, Sweetie?«

»Nichts«, sagte sie schnell.

Aidan war Callums bester Freund und sie wollte nicht, dass Sienna meinte, Partei für sie ergreifen zu müssen. Und außerdem war ja auch nicht wirklich etwas vorgefallen – das Gegenteil war der Fall.

»Hm …« Sienna schloss ihren Kleiderschrank und

setzte sich neben Pia aufs Bett. »Und jetzt sag mal, was los ist.«

»Wo soll ich anfangen?«, seufzte Pia.

»Oh je, das klingt aber nicht gut. Vielleicht der Reihe nach?«

»Okay« Sie holte tief Luft und es dann sprudelte es aus ihr heraus: »Man hat mir noch während der Probezeit im Kindergarten gekündigt. Ich habe aber eine neue Stelle in Aussicht, allerdings in Moskau, und seit letzter Woche habe ich einen Kater und weiß nicht, ob er sich überhaupt bei mir einleben wird, und ich habe mich in Aidan verliebt und ohne dass ich genau weiß, was ich falsch gemacht habe, ist er plötzlich furchtbar zurückhaltend.«

»Oh je«, sagte Sienna wieder und nach einer kurzen Pause: »Plötzlich zurückhaltend?«

Pia nickte.

»Also seid ihr euch näher gekommen?« Sie grinste. »Du wirst ja rot.«

»Wir haben uns geküsst«, gestand Pia. »Und ich dachte … ach, ich weiß auch nicht. Ich hab wohl einfach kein Glück mit Männern. Daniel …«

»… ist ein Idiot«, schnaubte Sienna. »Vergiss diese Pfeife. Der wusste dich doch überhaupt nicht zu schätzen.« Sie stand auf. »Ich glaube, Aidan braucht einfach etwas Ermunterung.« Sie ging wieder zu ihrem Schrank und zog ein schlichtes graues Kleid heraus. »Zieh das mal an.« Und als sie Pias skeptischen Blick bemerkte, sagte sie: »Du wirst staunen, was das aus dir macht.« Erneut suchte sie in ihrem Schrank und tauchte mit einem Paar High Heels auf. »Und dazu noch diese Schuhe. Ich glaube, du hast auch Schuhgröße 38, oder«?

»Die?!« Pia schluckte. »Aber das sind doch …«

»Fick-mich-Schuhe«, kicherte Sienna. »Hast du einen Push-up?«

Pia schüttelte den Kopf und grinste verlegen. »Ich hab doch nicht damit gerechnet, dass ich hier einen Schotten verführen soll.«

»Hm. Zieh erst mal das Kleid an und dann sehen wir weiter.« Sienna neigte prüfend den Kopf. »Mit deinen Haaren müssen wir natürlich auch noch was machen.«

»Bitte nicht.« Pia hob abwehrend die Hände. »Wenn ich mich so verkleide, fühle ich mich nicht wohl.«

»Kleid, Schuhe, Push-up«, befahl Sienna. »Dann klappt's auch mit dem Schotten.« Sie kicherte. »Ich sprech aus Erfahrung.«

Ergeben zog Pia das graue Etuikleid über ihre Hüften, und nachdem sie mit einigen Verrenkungen den Reißverschluss hochgezogen und in die Schuhe gestiegen war, trat sie vor den Spiegel. Überrascht schnappte sie nach Luft. Das sollte sie sein?

»Wow. Das sieht toll aus.«

»DU siehst toll, Sweetie«, korrigierte sie Sienna. »Du hast genau diese Grace-Kelly-Ausstrahlung. Unterkühlt und gleichzeitig hot, hot, hot.« Sie warf Pia einen nachdenklichen Blick zu. »Strümpfe brauchst du auch noch.

Aber den Push-up würde ich weglassen und die Haare trägst du offen.«

»Mach ich.« Pia seufzte erleichtert.

Sie hatte Sienna nicht vor den Kopf stoßen wollen, aber Hilfsmittel wie einen Push-up-BH fand sie schon immer etwas vulgär. Die Schuhe waren für sie das höchste der Gefühle. Wenn sie denn überhaupt darauf laufen konnte …

»Sehr gut. Ein Problem können wir also abhaken«, sagte Sienna und zeichnete ein V in die Luft. »Als Nächstes kommt diese Moskau-Sache. Du willst doch nicht ernsthaft dort arbeiten, wenn du auch hier einen Job bekommen kannst.« Und mit einem anzüglichen Zwinkern fügte sie hinzu: »In der Nähe von Schottlands heißestem Tierarzt.«

»Du bist wirklich unmöglich.« Pia fühlte, wie ihre Wangen schon wieder heiß wurden. Musste Sienna immer so furchtbar direkt sein? Plötzlich stutzte sie. »Was meinst du damit, dass ich hier auch einen Job bekommen kann?«

»Also ich kann's jetzt nicht beschwören, ob die Stelle noch frei ist. Aber ich habe vor einiger Zeit gehört, dass die Vorschule in Kinlochleven jemanden sucht.« Sie stand auf und räumte die Kleider, die sie für Pia rausgesucht hatte, zurück in den Schrank. »Ich könnte mal Elinor fragen. Sie ist im Schulvorstand.«

»Die Elinor, die im Café arbeitet?«

»Ja. Ihr kennt euch?«

»Wir sind neulich ins Gespräch gekommen und als ich heute einkaufen war, haben wir uns an der Kasse kurz unterhalten.«

»Ausgezeichnet. Elinors Stimme hat Gewicht. Und wenn ihr euch bereits etwas kennt und sympathisch seid …« Sie warf Pia einen Blick zu. »Wenn du dir denn überhaupt vorstellen könntest, hier zu leben – mit deinem Mr Darcy«, zwinkerte sie anzüglich.

»Ich weiß es nicht«, sagte Pia verzagt. »Ich bin ziemlich durcheinander.«

»Ach, Sweetie.« Sienna zog sie in die Arme. »Es ist ja auch alles etwas viel auf einmal. Heute feiern wir erst mal den Jahreswechsel und dann schaust du einfach, was passiert, okay?«

»Okay«, nickte Pia.

»Ich bin jedenfalls froh, dass wir uns endlich mal wieder sehen und ich würde mich aufrichtig freuen, wenn es nicht nur bei einem kurzen Besuch bleiben würde. Hier ist immer ein Zimmer für dich bereit, auch für deinen mürrischen Kater.«

Den ganzen Abend hatte Aidan kaum die Blicke von Pia lösen können. Sie sah so süß und sexy aus. Und ihr schien nicht mal bewusst zu sein, wie sehr sie ihn umhaute. Was hatte er sich eigentlich dabei gedacht, sich plötzlich so kühl zu verhalten? Alles nur, weil sie ihm von einem Jobangebot in Russland erzählt hatte. Wie er sich benommen hatte, war völlig irrational gewesen. Um das zu erkennen, musste ihm nicht einmal Catriona die Meinung sagen – was sie trotzdem gemacht hatte, als sie am Vormittag vorbeigekommen war, um einige Kleiderkartons für den Oxfam-Laden in Inverness abzuholen.

»Sag mal, merkst du eigentlich nicht, was los ist? Pia ist total verliebt in dich«, hatte sie gesagt und sich vor ihm aufgebaut, die Fäuste in die Hüften gestemmt. »Und glaub nicht, dass ich nicht bemerkt habe, wie du sie ansiehst. Und was machst du? Nichts«, gab sie sich selbst Antwort. »In einer Woche reist sie ab. Meinst du nicht, du solltest mal etwas aus dir herauskommen?«

Catriona war so in Fahrt gewesen, dass sie ihm nicht einmal die Chance gab, zu antworten, sie hatte sich buchstäblich schnaubend den letzten Karton geschnappt und war nach draußen gestürmt.

Aidan hatte ihr grinsend hinterhergesehen und die Tür geschlossen. Auch wenn sie immer betonte, dass sie ihrer Schwester nicht ähnlich war, Moira hatte das gleiche hitzige Temperament gehabt.

Und dann war er wie vom Donner gerührt stehen geblieben. Er hatte an seine verstorbene Frau gedacht und zum ersten Mal verspürte er dabei keinen schmerzhaften Stich.

Und jetzt, wenige Minuten vor Mitternacht, stand er in der Küche der Frasers. Ohne daraus zu trinken, hielt er eine Flasche Ale in der Hand und zermarterte sich den

Kopf, wie er aus dieser verfahrenen Situation rauskommen sollte.

Allein der Gedanke, dass Pia für ein Jahr unerreichbar sein würde, wenn sie diesen Job annahm, und weil er nicht das Recht hatte, sie zum Bleiben zu bitten, hatte ihn auf Selbstschutz schalten lassen. Er wollte es nicht, aber er hatte nicht nur sich selbst, sondern vor allen Dingen auch sie mit seinem Verhalten verletzt. Anstatt das Gespräch zu suchen, um wenigstens ansatzweise sein Benehmen zu erklären, oder sich wenigstens dafür zu entschuldigen, hatte er sie unter all den fremden Leuten sich selbst überlassen. Und falls er vor diesem Abend noch den Hauch einer Chance gehabt haben sollte, hatte er auch das gründlich vermasselt.

Aidan drehte sich um und starrte zum Fenster hinaus in die Dunkelheit. Hinter ihm waren Gelächter, fröhliche Stimmen und das Mixed Tape mit Achtziger-Jahre-Popmusik, das Callum traditionell zu Hogmanay abspielte, zu hören. Er hatte es auf dem Flohmarkt für ein paar Pence gekauft und es schien von Jahr zu Jahr schlechter zu klingen, obwohl er es schon längst auf CD gebrannt hatte.

Plötzlich sah Aidan eine Reflexion in der Scheibe und im gleichen Augenblick sagte Pia:

»Ausgerechnet U2. Ich hasse diese Band.«

»Wer nicht?«, sagte er mit einem schiefen Grinsen, während ihn Erleichterung überkam. Sie redete immerhin noch mit ihm. »Ich glaube, ich bin dir eine Erklärung schuldig.«

»Nur eine?«, fragte sie mit hochgezogenen Brauen.

Mit jeder Stunde, die verstrich, war Pia immer frustrierter geworden. Sie hatte bemerkt, wie Aidan sie angesehen hatte und sie hatte ebenfalls bemerkt, dass er sie trotzdem mehr oder weniger links liegen ließ. Das durfte doch alles nicht wahr sein!

Schließlich hatte sie es nicht mehr ausgehalten, und nachdem sie die Idee, Callum um Rat zu fragen, verworfen hatte, war sie in die Küche marschiert, um Aidan zur Rede stellen. Doch außer, dass er ihr wohl eine Erklärung schuldig wäre, hatte er nichts gesagt.

Sie wollte gerade etwas erwidern, als hinter ihnen laute Stimmen erklangen, die im Chor die Sekunden bis Mitternacht zählten. In diesem Moment nahm Aidan ihre Hand und zog sie zur Hintertür. Im Hinausgehen griff er nach ihrem Wintermantel, der seit ihrer Rückkehr aus dem Ort an einem Haken neben der Tür hing.

Die Luft war schneidend kalt und es war sternenklar. Das Läuten der Kirchenglocke im Ort schallte herüber und ab und an schoss eine bunte Rakete in den Nachthimmel.

»Als du gesagt hast, dass du dieses Jobangebot hast, konnte ich nur daran denken, was das für mich bedeuten würde.«

»Ich verstehe nicht«, sagte Pia. Fröstelnd zog sie den Mantel enger um sich.

»Wir waren gerade dabei, uns besser kennenzulernen.« Er rieb mit der Handfläche über sein Gesicht. »Ach verdammt, ich weiß auch nicht …«

Das war es also! Er hatte genauso wie sie gehofft, dass sich mehr als ein Urlaubsflirt zwischen ihnen entwickelte, und gedacht, dass sie ihn zurückwies, indem sie ihm von diesem Angebot erzählte. Erleichterung durchflutete sie und sie hätte fast laut gejubelt. Sie hatte sich also doch nicht getäuscht.

»Ich werde den Job nicht annehmen, Aidan.« Sie drehte sich zu ihm und lächelte verschmitzt. »Es könnte aber sein, dass ich demnächst hier arbeiten werde. Und was dieses Sich-besser-Kennenlernen anbelangt … ich denke, wir sollten damit so schnell wie möglich anfangen.« Und mit diesen Worten schlang sie ihre Arme um seinen Hals, sagte: »Happy New Year«, und küsste ihn.

❄

»Wo soll es denn hingehen?«, fragte Sienna verschlafen.

»Das soll eine Überraschung sein. Er hat nur gesagt, ich soll meinen Koffer packen und dass er mich um zehn Uhr abholt.« Pia verzog entschuldigend das Gesicht. »Ich wollte dich nicht wecken. Aber ich bin so hibbelig, dass mir ein Malheur nach dem anderen passiert.«

Sie schaute bedeutungsvoll auf die Sauerei, die sie auf

dem Küchenboden angerichtet hatte, als ihr die Teedose scheppernd auf die Fliesen geknallt war. Obwohl es vermutlich ihr spitzer Entsetzensschrei gewesen war und nicht der Krach, der ihre Freundin geweckt hatte.

»Ich mach das später weg«, sagte Sienna großzügig und nahm Pia den Teekessel aus der Hand. »Damit du nicht auch noch Callum aufscheuchst. Schließlich wollen wir hier ja ungestört sein, wenn du mir erzählst, was du mit Aidan vorhast«, fügte sie mit einem breiten Grinsen hinzu.

»Ich … was soll ich sagen …« Pias Gesicht wurde schon wieder heiß.

»Wenn du einen Koffer packen sollst, wird es sich wohl kaum um einen Tagesausflug handeln«, schlussfolgerte ihre Freundin. »Und so wie ich euch beide einschätze, steht auch kein One-Night-Stand auf dem Programm.«

»Ach, Sienna, ich bin mit den Nerven völlig fertig«, stöhnte Pia. »Was, wenn ich … du weißt schon«, druckste sie.

Sienna hob die Brauen. »Nein, ich weiß nicht. Was bedrückt dich denn, Sweetie?«

»Daniel meinte, dass ich im Bett eine Niete bin.« Pia rang buchstäblich die Hände.

»Also, nach dem, was du mir so über diesen Typen erzählt hast, ist doch wohl eher er eine Niete.«

»Und wenn es doch an mir liegt?«

»Du und Aidan, ihr habt schon rumgemacht, oder? Also geküsst und so.«

»Geküsst, aber nicht und so.«

»Und, wie war es?«

»Oh mein Gott, er ist so ein toller Küsser«, platzte Pia heraus.

»Und Daniel?«

Pia verdrehte die Augen.

»Na also«, Siennas schlug mit der flachen Hand klatschend auf die Arbeitsplatte, »Beweisführung abgeschlossen.«

»Bist du mir auch nicht böse, weil ich jetzt einfach wegfahre, wo wir uns doch so lange nicht gesehen haben?«

»Also wenn du mich fragst, werden wir uns in Zukunft noch viel öfter sehen. Elinor sagt mir in den nächsten Tagen wegen der offenen Stelle als Erzieherin Bescheid und auch, ob du ein Vorstellungsgespräch bekommst, bevor du wieder nach Hamburg fliegst.«

»Ich weiß gar nicht, was ich sagen soll. Vielen Dank.«

»Hey, wozu sind denn sonst Freunde da? Und solltest du hier eine Arbeit finden, habe ich doch auch etwas davon, weil ich dich dann öfter sehe.« Sie stand auf, holte einen zweiten Becher und schenkte den frisch gebrühten Tee ein. »Und jetzt trinken wir erst mal in aller Ruhe einen Tee.«

Nach einem letzten Rundblick schloss Aidan die Tür zur Praxis. Er hatte nur wenige Termine für die kommende Woche eingetragen gehabt und konnte zum Glück alles kurzfristig verlegen. Eventuelle Notfälle würde sein Kollege übernehmen. Jetzt fehlte eigentlich nur noch eine kleine Aufmerksamkeit für die gute Mrs Harris, die er aus dem Bett geklingelt hatte, um zu fragen, ob das Haus frei war und – nachdem sie dies bejaht hatte – sie zu bitten, bis zum frühen Nachmittag alles vorzubereiten.

Seine Tasche hatte er bereits gepackt, fehlte nur noch Pia – nur noch. Er konnte es immer noch nicht so ganz glauben, dass sie ohne Zögern eingewilligt hatte, mit ihm einige Tage und besonders Nächte zu verbringen. So ungeschickt, wie er sich angestellt hatte. Aber als er frühmorgens – eigentlich viel zu früh für einen Neujahrstag – eine Sprachnachricht geschickt hatte, kam innerhalb weniger Sekunden ihr »Ja, ich freue mich«. Jetzt gab es kein Zurück mehr, egal wie nervös er war. Wobei er eigentlich keine Zweifel hatte, dass sie im Bett miteinander harmonieren würden. Sie im Arm zu halten und zu küssen hatte sich genau richtig angefühlt.

❄

»Willst du mir nicht endlich sagen, wohin wir fahren?«, fragte Pia zum wiederholten Mal, während Aidan den SUV auf der kurvigen Straße Richtung Westen durch die Highlands lenkte.

»Nein.«

»Das macht dir richtig Spaß, oder?«

»Aye«, grinste er und zeigte seine Grübchen.

»Irgendwann werde ich aber Hunger bekommen«, sagte sie. »Immerhin sind wir bereits über eine Stunde unterwegs.«

»Deshalb legen wir auch gleich eine Pause ein.«

»Und die Pause wäre wo?«

»Wir sind gleich da.« Wieder dieses Grinsen.

Sie waren durch mehrere kleine Ortschaften gefahren und vor Kurzem waren sie an einer imposanten Ruine vorbeigekommen.

»Invergarry Castle«, hatte Aidan auf ihren fragenden Blick gesagt. »Der ehemalige Sitz des Clanchefs der MacDonnells of Glengarry.«

Kurz darauf erreichten sie den Ort gleichen Namens und Aidan parkte den Wagen vor einem Gebäude aus grauen und roten Steinen. *Invergarry Hotel* las Pia auf dem Holzschild, das über dem Eingang hing.

»Der Pub hat die besten Sandwiches, die du jemals gegessen hast«, erklärte Aidan.

Rund drei Stunden später schienen sie sich endlich dem Ende ihrer Reise zu nähern. Und als die A87 auf eine lange geschwungene Brücke führte, erkannte Pia ihr Ziel: Skye. So sollte sie diese berühmte Insel also doch noch besuchen und genau so, wie sie es sich insgeheim gewünscht hatte: mit Aidan.

»Meine Familie hat ein kleines Haus in Portnalong. Als wir noch Kinder waren, haben meine Geschwister und ich dort immer die Sommerferien verbracht«, erzählte Aidan. »Ein anderer Zweig der Familie hat auf Skye allerdings ein etwas größeres Haus«, sagte er mit einem Schmunzeln. »Was allerdings den Nachteil hat, dass sie ihr Heim für Touristen öffnen müssen.«

Pia runzelte die Stirn. »Du meinst jetzt aber nicht Dunvegan Castle, oder?«

»Doch. Dort befindet sich seit 800 Jahren der Stammsitz der MacLeods.«

»Es kann nur einen geben«, murmelte sie unbewusst, aber laut genug, dass Aidan in schallendes Gelächter ausbrach.

»Zum Glück werden meine Verwandten weitestgehend von Film-Fans verschont, weil Highlander bei Eilean Donan Castle gedreht wurde.«

»Du hast zwei Brüder …«, nahm sie den Faden wieder auf.

»Und eine Schwester. Finola ist die jüngste von uns. Zwischen ihr und meinem älteren Bruder liegen fünfzehn Jahre Altersunterschied. Sie hält meine Eltern mit ihren Eskapaden ganz schön in Atem.« Er lachte. »Wobei ja eigentlich ich das schwarze Schaf der Familie bin.«

»Der Landtierarzt in den Highlands.«

»Genau.«

»Hast du es nie bereut, in die Einöde gezogen zu sein?«

Aidan schüttelte den Kopf. »Ich empfinde es nicht als Einöde. Fort William ist für mich groß genug und im Sommer, wenn die Touristen in Scharen einfallen, bin ich ganz froh, mich nach Glencoe zurückziehen zu können. Und jetzt erst recht.«

»Wie meinst du das?«

»Ich habe vor einigen Tagen ein Angebot auf ein Haus abgegeben.« Er warf ihr einen Blick zu. »Du erinnerst dich vielleicht daran. Wir haben dort deinen Ausreißer gefunden.«

»Das Haus von dem alten Mann, der ins Heim gezogen ist?«

Pia erinnerte sich sogar noch sehr gut an das Haus. Obwohl sie voller Sorge um den Kater gewesen war, war ihr nicht entgangen, welches Potenzial das Haus hatte. Sicher, es sah etwas heruntergekommen aus und der Garten war total verwildert, aber es hatte eindeutig Charme und schien auch recht geräumig zu sein. Wenn man Zeit und Herzblut hineinsteckte, könnte ein wundervolles Heim daraus werden.

»Da wären wir.«

Ohne dass sie es bemerkt hatte, waren sie angekommen. Aidan fuhr den Wagen in die Auffahrt eines typischen Cottages und schaltete den Motor aus.

Pia stieg aus und streckte sich. Über vier Stunden waren sie gefahren und trotz der Mittagspause, die sie zu einem kleinen Rundgang in Invergarry genutzt hatte, fühlte sie sich etwas verspannt.

Aidan, der bemerkte, wie sie die Schultern rollte, um ihren Nacken zu lockern, meinte: »Warum bringen wir nicht unser Gepäck rein und machen anschließend einen kleinen Bummel runter zum Wasser?«

»Ja, das ist eine gute Idee«, stimmte Pia erleichtert zu.

Wenn sie ehrlich war, machte sie der Gedanke ziemlich nervös, wie es weitergehen würde – wenn sie ihr Gepäck ins Schlafzimmer tragen würden und dann wäre da das Bett …

❄

»Das musste doch jetzt nicht sein«, schnaufte Pia und blieb atemlos vor dem kleinen Cottage stehen.

»Doch, das musste sein«, lachte Aidan und stieß die Tür auf. »Du bist immerhin in Schottland.«

Ja, das waren sie offensichtlich. Kaum waren sie und Aidan auf ihrem Spaziergang unten am Loch Harport angekommen, hatten sich buchstäblich die Schleusen geöffnet, und was auf sie herniederprasselte, war alles andere als ein sanfter Landregen gewesen. Da es weit und breit keine Unterstellmöglichkeit gab, waren sie zurück zum Cottage gerannt. Und jetzt fühlte Pia sich nicht nur wie eine nasse Katze, sondern sah vermutlich auch so aus.

Wirklich, sehr sexy, dachte sie missgestimmt, mit vor Kälte klappernden Zähnen.

»Komm, du musst schnell ins Warme und raus aus den nassen Klamotten«, sagte Aidan und bugsierte sie Richtung Schlafzimmer.

Wer auch immer im Cottage alles für ihre Ankunft vorbereitet hatte, schien damit gerechnet zu haben, in welchem Zustand sie von dem kleinen Ausflug zurückkommen würden. Die Heizung war angeschaltet, die Vorhänge zugezogen und einige Tischleuchten verteilten gedämpftes Licht im Raum. Auf einer Kommode lag ein Stapel flauschiger Handtücher. Pia griff sich das oberste und schlang es sich um die tropfnassen Haare.

So hatte sie sich ihren ersten gemeinsamen Abend wirklich nicht vorgestellt. Keine Romantik bei Kerzenschein, sondern Gänsehaut und Schnupfenalarm. Mit klammen Fingern versuchte sie, die Knöpfe ihrer Jacke zu öffnen.

Aidan, der ihre vergeblichen Bemühungen sah, stoppte sie, indem er sanft ihre Hände festhielt. »Lass mich das übernehmen, okay?«

»Ist gut«, sagte sie ergeben. Da war sie wieder, diese verflixte Unsicherheit. Sie presste die Lippen zusammen.

»Hey.« Er legte einen Finger unter ihr gesenktes Kinn und hob es sanft an. »Ein Platzregen ist kein Weltuntergang.«

»Für dich nicht. Aber sieh mich doch an!«

»Das tu ich gerade«, sagte er und schob die Jacke von ihren Schultern. Seine Stimme hatte plötzlich einen anderen Klang. Verschwunden war der neckende Tonfall.

Pia merkte, wie sich ihr Puls beschleunigte. Sie schluckte und dann sagte sie leise: »Ich habe noch mehr nasse Sachen an.«

»Ich weiß.« Und da waren wieder die Grübchen. Seine warmen Hände schoben sich unter ihr T-Shirt und strichen über ihre Haut. »Das brauchen wir eigentlich auch nicht«, raunte er.

»Okay.«

Ein nasses Kleidungsstück nach dem anderen fiel zu Boden und schließlich stand sie nur in Slip und BH vor ihm. Sacht zog er ihr das Handtuch vom Kopf.

»So gefällst du mir schon viel besser«, sagte er und nach einem weiteren prüfenden Blick meinte er: »Noch besser würdest du mir zwischen den Laken gefallen.«

Und plötzlich war alles ganz einfach. Vergessen waren die Kränkungen, die sie in der Vergangenheit erfahren hatte, vergessen ihre Unsicherheit. Es gab nur noch Aidan und sie. Dieser wunderbare Mann, der sie begehrte und dem sie sich hingeben wollte, den sie in sich spüren wollte.

Sie streckte sich auf dem Bett aus, zupfte an seinem Shirt und sagte: »Und jetzt will ich dich ansehen.«

Er beugte sich über sie und gab ihr einen langen Kuss. »Zu Befehl, mo ghaoil«, murmelte er.

Noch nie hatte sie erlebt, dass ein Mann sich so schnell die Kleidung vom Körper riss. Auch im nur schwachen Schein der Tischleuchten konnte sie erkennen, wie durchtrainiert er war. Doch bevor sie seinen muskulösen

Körper und seinen prachtvollen aufgerichteten Schwanz länger bewundern konnte, war er schon wieder bei ihr und schmiegte sich an sie. Sie fröstelte ein wenig. Ob es noch von den durchnässten Kleidern herrührte oder ob es ihre Erregung war … sie wusste es nicht zu sagen. Aber er bemerkte es sofort und nahm sie fest in die Arme. Die Wärme seiner Haut war beinahe wie ein Kokon, der sie schützend umgab. Es war ein herrliches Gefühl.

Dann spürte sie seine Lippen. Er küsste sich seinen Weg von ihrer Halsbeuge bis hinab zu ihren Brüsten. Seine Zunge umkreiste ihre harten Nippel und erneut durchfuhr sie ein Schauer. Doch diesmal wusste sie, was der Grund dafür war. Als sie ihren Rücken durchbog und ihm entgegenkam, intensivierte er seine Zärtlichkeiten. Fast schon qualvoll langsam – eine unendlich süße Qual – bewegte er sich immer tiefer zum Zentrum ihrer Lust.

Und immer wieder suchte er ihren Blick und schien auf jede Reaktion ihres Körpers zu achten. Sie war ihm wichtig, ihre Lust war ihm wichtig. Und dann, endlich, ließ sie sich fallen. War nur noch Fühlen und Schweben. Die Welle der Lust trug sie höher und höher und sie hörte sich selbst laut stöhnen, doch irgendwann nahm sie auch das nicht mehr wahr. Die Welle riss sie mit sich fort, als er sie zum Orgasmus brachte.

Und als sie dachte, sie könnte nicht höher fliegen, stieß er mit seinem harten Schwanz in sie. Pia schlang ihre Beine um ihn, um ihn noch tiefer und intensiver zu spüren. Wieder kam die Welle, diesmal langsamer, aber genauso stark, und als sie es kaum noch ertragen konnte, überrollte sie der nächste Orgasmus und sie spürte, wie auch Aidan zum Höhepunkt kam.

Kaum zu Atem gekommen, japste sie: »Das war, das war …«

»Unglaublich, ich weiß, mo ghaoil«, sagte er und zog sie in seine Arme. Sie fühlte seinen trommelnden Herzschlag, der sich nach und beruhigte und während sie tief Luft holte, spürte sie in sich eine unendliche Ruhe und tief empfundene Zufriedenheit.

»Mo ghaoil, was heißt das?«

»Mein Liebling«, sagte er, strich ihr eine Haarsträhne aus dem Gesicht und küsste sie.

»Mo ghaoil«, wiederholte Pia und schloss die Augen. In Aidans Armen zu liegen war gut und richtig. Und sie wusste, dies war erst der Anfang.

# EPILOG

Nachdenklich sah sich Pia in ihrem Wohnzimmer um. Wenn sie sich ranhalten würde, dann könnte sie an einem Nachmittag alle Kisten nach Klein Flottbek schaffen. Ihre Eltern waren alles andere begeistert gewesen, als sie nach ihrer Rückkehr von ihren Plänen erfuhren, aber ausnahmsweise – oder sollte sie sagen, erstaunlicherweise – hatten sie nicht versucht, ihr das Vorhaben auszureden, was aber auch daran gelegen haben könnte, dass Aidan einer der ältesten schottischen Familien entstammte. Es waren sogar Bemerkungen wie »Wenn es das ist, was du möchtest« gefallen. Welch ein Unterschied zu »Wir wollen doch nur dein Bestes«.

Seit sie aus Glencoe zurück war, war ihr Tagesablauf nur darauf ausgerichtet gewesen, möglichst schnell und effektiv ihren Umzug abzuwickeln. Sie hatte die Tage und Stunden, bis sie ihr neues Leben in den Highlands beginnen konnte, gezählt und jetzt dauerte es nicht mehr lange.

Zum Glück war ihr Vermieter einverstanden gewesen, dass sie selbst einen Nachmieter suchte und so früher aus dem Mietvertrag herauskam – mehr als eine Anzeige im Hamburger Abendblatt und ein Besichtigungswochenende mit siebenunddreißig Wohnungssuchenden hatte es nicht gebraucht, um diesen Punkt abzuhaken. Da die meisten Möbel, bis auf ein paar Erbstücke, die sie vorübergehend einlagerte, von den neuen Mietern übernommen wurden, stand auch kein großer Umzug an. Der würde erst kommen, wenn sie und Aidan und Mr Darcy ihr gemeinsames Leben in dem neuen Haus beginnen würden. Bis es so weit war, kehrten die Handwerker das Unterste nach oben, um alles zu modernisieren – natürlich ohne den Charme des alten Gebäudes zu zerstören.

Pia hatte erst mal zwei Koffer gepackt. Das sollte für die nächsten Wochen reichen. Im März würde sie ihre Stelle als Erzieherin in der Vorschule von Kinlochleven antreten. Dank Elinors Einsatz war sie einen Tag, bevor sie nach Hamburg zurückfliegen musste, zu einem Bewerbungsgespräch eingeladen worden und hatte sofort einen Arbeitsvertrag bekommen. Sie hatte ihr Glück kaum fassen können.

Überhaupt hatte ihr Schottland in mehr als nur einer Hinsicht Glück gebracht. Und ausgerechnet der Mann, dem sie anfangs mit großer Skepsis begegnet war, hatte sich als die Liebe ihres Lebens herausgestellt.

Ein lautes Scheppern riss sie aus ihren Gedanken. Sie ging zum Fenster und sah hinunter in den Hinterhof. Herr Hinrichs, der Hausmeister, machte klar Schiff und räumte den Fahrradschuppen aus. Pia lächelte etwas wehmütig. Die Schanze und ihre Bewohner würden ihr fehlen. Und vermutlich würde es auch immer wieder Momente geben, in denen sie Hamburg vermissen würde. Aber im Gegenzug bekam sie so unendlich viel.

Die vier Tage mit Aidan in dem kleinen Cottage auf Skye hatten ihr gezeigt, wie eine glückliche Beziehung aussehen konnte. Eine Beziehung, die auf Zuneigung, gegenseitiger Achtung, viel Humor und noch mehr gutem Sex basierte – Sex, der zärtlich, manchmal wild, aber immer erfüllend war. Und noch etwas hatten ihr diese vier unglaublich schönen Tage gezeigt: dass zwischen ihr und Aidan eine Verbundenheit entstanden war, auf der sie ihr gemeinsames Leben Schritt für Schritt aufbauen konnten. Und genauso würden sie Schritt für Schritt ihre Lebensträume verwirklichen.

›Genug geträumt‹, ermahnte sie sich. Sechsunddreißig Kartons bewegten sich nicht von selbst die Treppe hinunter und in den gemieteten Sprinter. Pia warf einen Blick auf ihr Smartphone, es war bereits zehn nach drei. Eigentlich sollten die beiden Helfer schon längst da sein, die ihr die Möbel nach unten tragen sollten.

Sie wollte das Handy gerade wieder in die Jackentasche stecken, als sie bemerkte, dass eine Nachricht eingegangen war.

Aidan. Er hatte ihr ein Foto geschickt. Es zeigte ihn und den rundlichen Mr Darcy, wie sie vor ihrem zukünftigen, gemeinsamen Heim posierten. Dazu hatte er einen Satz geschrieben: »Deine zwei Männer warten ungeduldig auf dich.«

Pia setzte gerade zu einer Antwort an, als von unten Stimmen durch den Hof schallten. Ihre Helfer waren eingetroffen. Schnell schrieb sie eine kurze SMS:

*Ticket zum Inverness Airport ist gekauft. One-Way-Flug! Nur noch drei Tage. Pia xx.*

# SHORTBREAD, CRUMPETS & CLOOTIE

## Shortbread

### Zutaten

- 160 g Butter
- 90 g Zucker
- 250 g Mehl
- 1 Prise Salz
- 1 Esslöffel feiner Zucker

### Zubereitung

Die weiche Butter mit dem Zucker und dem Salz schaumig rühren. Das Mehl darunter kneten und den

Mürbeteig in Folie gepackt 2 Stunden im Kühlschrank ruhen lassen.

Den Backofen auf 160° Umluft vorheizen. Den Teig auf einem Backblech ca. 1/2 cm dick ausrollen. Mit einer Gabel mehrmals einstechen und 25–30 Minuten backen. Die noch heiße Teigplatte mit einem scharfen Messer in Streifen von 1,5 x 7 cm schneiden und sofort in Zucker wenden.

Haltbarkeit: in einer Dose gut verschlossen, kühl und trocken ca. 5 Tage.

Quelle: https://ww2.bettybossi.ch/

## Scottish Crumpets

Im Gegensatz zum englischen Crumpet ist der "Scottish Crumpet" eher dünn und vergleichbar mit einem Pfannkuchen, aber damit auch dem Original des 17. Jh. näher.

In Schottland wird ein Crumpet mit denselben Zutaten wie ein „Scotch Pancake“ zubereitet, hat einen Durchmesser von ungefähr 180 mm und ist ca. 8 mm dick. Schottische Crumpets werden sowohl pur, aber auch als Frucht-Crumpets, mit Rosinen versetzt, zubereitet.

**Zutaten**

- 1 Esslöffel Zucker oder Honig
- 250 g Mehl
- 1 großes Ei
- 375 ml Milch
- 3 Teeloeffel Backpulver

**Zubereitung**

Mehl und Backpulver in eine Schüssel geben und in die Mitte eine Vertiefung drücken.

Das Ei, den Zucker oder Honig und die Milch miteinander verrühren.

Die Flüssigkeit in die Mitte der Schüssel geben und alles gleichmäßig vermengen, aber nicht „schlagen".

Löffelweise in eine heiße Pfanne geben. Den Teig gleichmäßig in einer heißen, gefetteten Pfanne verteilen.

Im Gegensatz zu Pfannkuchen wird der schottische Crumpet nur einseitig gebraten, was eine weiche dunkle Seite und eine helle mit kleinen Löchern, die durch aufsteigende Blasen während des Bratens entstehen, zur Folge hat.

Quelle: Wikipedia

## Clootie Dumpling

Dieser süße Kloß wurde traditionell in einem Tuch gekocht, daher auch der Name (altenglisch clut = cloth = Tuch). Früher waren die Klöße besonders im Winter beliebt, doch durch die zahlreichen Variationen über die Jahrhunderte gibt es für alle Geschmäcker und Jahreszeiten ein passendes Rezept.

### Zutaten

- 120 g weiche Butter oder Margarine
- 240 g Mehl
- 120 g Haferflocken
- 90 g Zucker
- 1 gehäufter TL Backpulver
- 240 g Rosinen/Sultaninen/Korinthen
- 100 ml Whisky
- 1 gehäufter TL Zimt und gemischte Gewürze (Nelken, Ingwer etc.)
- 1 TL Golden Syrup (ersatzweise „Heller Sirup" von Grafschafter)
- 2 Eier (geschlagen)
- 4 EL Buttermilch

## Zubereitung

Die Rosinen einen Tag vorher in Whisky einweichen. Am Backtag das Backpulver unter das Mehl mischen und die Butter/Margarine hinzufügen. Alle anderen trockenen Zutaten hinzufügen und mit einem Holzlöffel umrühren. Formen Sie eine Kuhle in der Mitte und fügen Sie Sirup und Eier hinzu. Gut vermengen und mit der Buttermilch zu einem weichen Teig kneten. Früher wurden übrigens kleine Münzen eingebacken.

Kochen im Tuch: Ziehen Sie das Leinentuch vor Gebrauch durch kochendes Wasser und wälzen es danach in Mehl. Lassen Sie dem Teig genügend Platz zum Aufgehen und verknoten Sie das Ende. Stellen Sie eine Untertasse auf den Boden des Topfes und platzieren Sie dort Ihren Kloß. Bedecken Sie ihn mit kochendem Wasser und lassen ihn 2 ½ bis 3 Stunden kochen.

Kochen im Dampfkochtopf: Füllen Sie den Teig in eine eingefettete Form und lassen ca. 3 cm Platz zum Aufgehen. Schließen Sie die Form mit einer leicht gefetteten Folie und füllen den Dampfkochtopf zu 2/3 mit kochendem Wasser. 3 Stunden kochen lassen.

Nehmen Sie den Dumpling aus der Form/dem Tuch und servieren Sie ihn entweder warm mit Vanillesoße oder kalt mit Schlagsahne.

Quelle: http://schottlandreisen.blogspot.de/p/whisky-rezepte.html

Liebe Leserin, lieber Leser,

ich hoffe, dass Ihnen diese Geschichte spannende und unterhaltsame Momente bereitet hat. Beim Erzählen von Pia und Aidans Erlebnissen im den Highlands hatte ich viel Freude.

Ich würde Sie gern auch weiterhin an den auf- und anregenden Erlebnissen der *spicy ladies* teilhaben lassen. Vielleicht folgen Sie mir auf Facebook oder Instagram?

Es wäre toll, wenn Sie meine Titel weiterempfehlen. Ganz besonders freue ich mich über eine Leserbewertung.

Wollen Sie immer auf dem Laufenden über meine neuesten Projekte, Aktionen und aktuelle Gewinnspiele sein? Dann abonnieren Sie schnell meinen Newsletter: http://eepurl.com/btazfz

Vielen Dank.

Ihre Lita Harris

*Ein erfolgreicher Hollywood-Regisseur, eine hinreißend-chaotische Ladenbesitzerin, ein malerisches Städtchen in Irland und dazu ganz viele Frühlingsgefühle ...*

**Irish Kisses**

Nach seiner Scheidung von einem gefeierten Filmstar befindet sich der erfolgreiche Regisseur Jack Donovan in einer privaten und beruflichen Krise. Er will sein Leben neu ordnen und braucht Abstand von der Scheinwelt Hollywoods. Ein Arbeitsurlaub im kleinen Städtchen Enniskerry an der irischen Ostküste scheint genau das Richtige zur Selbstbesinnung zu sein.

Doch Jack hat nicht mit Fiona O'Shaughnessy gerechnet. Die quirlige junge Frau ist Chaos pur auf langen, schlanken Beinen. Sie vertritt ihre Granny als Wirtin des kleinen Bed & Breakfast, in dem Jack Abgeschiedenheit und Ruhe sucht. Hier will er endlich das Drehbuch schreiben, mit dem er zeigen kann, dass mehr in ihm steckt, als ein ödes Popcorn-Movie nach dem anderen abzudrehen. Aber Ruhe und Fiona vertragen sich so überhaupt nicht.

❄

**Leseprobe: Irish Kisses**

Jack unterdrückte ein Gähnen, als er am Laufband in der Gepäckhalle stand und darauf wartete, dass seine beiden Koffer endlich angerollt kamen. Nachdem er auf dem sechseinhalbstündigen Anschlussflug von Toronto nach Dublin nicht ein Auge zugetan hatte, fühlte er sich völlig gerädert. Er wollte nur noch eine heiße Dusche und ein bequemes Bett – und ganz bestimmt keiner hellwachen und überaus gesprächigen, fünfköpfigen Familie zuhören müssen, deren Stimmen im breiten irischen Singsang durch die Gepäckausgabe hallten.

Schließlich wurde er erlöst, denn seine beiden Rimowa Titanium lagen brav nebeneinander auf dem Laufband. Er schnappte sich einen Gepäckroller und machte sich auf den Weg, um die Einreiseformalitäten hinter sich zu bringen.

Während er in der Warteschlange stand, warf er einen Blick auf seine Armbanduhr, die noch auf Westküstenzeit stand. In L. A. war es noch nicht einmal zehn Uhr abends. Kein Wunder, dass er in dem Flieger nicht hatte schlafen können. Vielleicht wäre am sinnvollsten, einfach bis zum Abend aufzubleiben, damit sich sein Körper schneller auf den Zeitunterschied einstellen konnte.

Jack musste über sich selbst den Kopf schütteln. Es war doch völlig egal, wie schnell er den Jetlag überwinden konnte. Er war im Urlaub. Dies war kein Dreh, bei dem er, kaum aus dem Flieger ausgestiegen, zum Set musste.

Kurze Zeit später stand er in der Ankunftshalle von Terminal 2 und schaute sich suchend um. Die Wirtin des Bed & Breakfast, in das er sich für die kommenden Wochen eingemietet hatte, hatte sich bereit erklärt, ihn abzuholen. Auch wenn Jack nicht zum ersten Mal in Europa war, lagen seine Erfahrungen mit dem Linksverkehr schon einige Jahre zurück und er war nicht begierig darauf, sich nach einem Langstreckenflug in den frühmorgendlichen Berufsverkehr zu stürzen.

Als Jack den markierten Meetingpoint in der Mitte der großen Halle entdeckte, steuerte er mit dem Gepäcktrolley zielstrebig darauf zu. Doch schon von Weitem konnte er sehen, dass dort keine ältere Lady auf ihn wartete. Er runzelte irritiert die Stirn. Auch wenn sie keinen genauen Treffpunkt ausgemacht hatten, war er davon ausgegangen, dass diese Mrs. O'Shaughnessy am Sammelpunkt auf ihn warten würde.

›Nicht so ungeduldig‹, ermahnte er sich. ›Das hier ist nicht L. A., hier gehen die Uhren anders.‹ Doch im nächsten Augenblick schaute er auf die Uhr. Bereits zehn Minuten nach sechs …

Plötzlich wurde er auf höchst angenehme Art aus seinen Gedanken gerissen. Eine junge Frau, deren auffälligstes Feature üppige kastanienrote Locken und endlos lange Beine waren, hetzte durch die Halle und steuerte direkt auf ihn zu. Ihre Wangen waren gerötet und ihre Brust hob und senkte sich von raschen Atemzügen. Offensichtlich war sie gerannt.

Jetzt blieb sie nur wenige Schritte von ihm entfernt stehen und während sie ihre Augen durch die Halle schweifen ließ, hielt sie ein handbeschriftetes Schild hoch, auf dem »Mr. Clark Kent« stand. Dabei klaffte ihre Bluse auf und gab den Blick auf cremeweiße Haut und zwei ansprechend gerundete Hügel frei.

Jack genoss den Anblick, der sich ihm bot. Und während er noch dachte, dass dieser Mister Kent ein glücklicher Mann sein musste, wenn diese Rose Irlands auf ihn wartete, wurde ihm plötzlich bewusst, dass er dieser glückliche Kerl war. Hatte er selbst sich doch unter diesem, zugegebenermaßen albernen, Namen in der kleinen Pension angemeldet.

Wobei es gute Gründe gab, inkognito zu reisen. Nach der Scheidung hatten sich die Medien auf ihn geworfen und er wollte einfach nur seine Ruhe haben. Und da er die zwei Monate im Voraus bezahlt hatte, ging er davon aus, dass seine Privatsphäre zumindest in Irland geschützt sein würde.

Die junge Frau, deren Gesichtsausdruck von erwartungsvoll zu beunruhigt wechselte, machte Anstalten den Meetingpoint zu verlassen – vermutlich, um zur Information zu gehen.

›Ihr Auftritt, Mr. Kent.‹ Jack unterdrückte ein Grinsen, als er sagte:

»Ich glaube, Sie suchen mich. Ich bin …«

Weiter kam er nicht. Die junge Frau drehte sich schwungvoll um und zack, schlug ihm das Pappschild ins Gesicht. Jack griff reflexartig nach seiner Brille, sprang zurück und prallte mit dem Wadenbein gegen den Koffertrolley. Er unterdrückte einen Fluch, während die junge Frau heraussprudelte:

»Oh Gott, das wollte ich nicht. Es tut mir so leid. Haben Sie sich etwas getan?«

Die Pupillen ihrer haselnussbraunen Augen waren erschrocken geweitet und eine leichte Röte überzog ihre Wangen.

»Alles okay«, murmelte er. »Ich bin nur etwas überrascht über diesen, ähem, Empfang.«

Sie befeuchtete sich nervös die Lippen und suchte nach Worten. Schließlich meinte sie, so als würde dies alles erklären: »Um diese Uhrzeit bin ich zu nichts zu gebrauchen.« Und nach einem Blick auf seinen Gepäckwagen. »Hoffentlich bekomme ich das alles in den Wagen.« (…)

## ÜBER DIE AUTORIN

Lita Harris ist Deutsch-Amerikanerin.
Sie lebt mit ihrer Familie in Norddeutschland und träumt vom sonnigen Kalifornien.
Wenn sie nicht an einem neuen Roman arbeitet, kocht sie am liebsten für Freunde und Familie echte Tex-Mex-Küche, oder lässt sich auf Wanderungen durch die Natur zu neuen Geschichten inspirieren.

Weitere Titel von Lita Harris:

- Valentine's Joy – Cupcakes oder Liebe
- Hearts on Fire
- Soul Surfing
- Forever Cowgirl

Die Northern-Lights-Reihe:

- Wanderlust
- Winterlust
- That's the Way Love Goes – Sammelband

Die Irish-Hearts-Reihe:

- Irish Kisses
- Irish Romance
- Irish Passion
- All for Love – Sammelband

Die Bluebonnet-Reihe:

- Kiss me, Cowboy
- Texas Dreams
- A Cowgirl's Love
- Soulmates - spin-off
- To Kiss a Cowboy – Sammelband

**IMPRESSUM**

Highland Christmas – Ein Schotte zum Verlieben

Von Lita Harris



Lektorat/Korrektorat: Wolma Krefting

Cover-Design: Lita Harris, unter Verwendung:

Christmas decoration @Oksana
Winter landscape @VolodymyrBur
Cute couple in warm clothing@Wavebreakmedia
Abstract Winter background @ Subbotina

ISBN 978-3-943957-53-2


Lita Harris
c/o büropia: Autorenservice
Am Bach 8b
85399 Hallbergmoos
E-mail: kontakt@spicy-lady.de

27549978R00103

Printed in Poland
by Amazon Fulfillment
Poland Sp. z o.o., Wrocław